내 삶이 누군가에게
위로가 되길

내 삶이 누군가에게
위로가 되길

초판 1쇄 인쇄 _ 2019년 9월 5일
초판 1쇄 발행 _ 2019년 9월 15일

지은이 _ 안현진

펴낸곳 _ 바이북스
펴낸이 _ 윤옥초
책임 편집 _ 김태윤
책임 디자인 _ 이민영

ISBN _ 979-11-5877-119-5 03800

등록 _ 2005. 7. 12 | 제 313-2005-000148호

서울시 영등포구 선유로49길 23 아이에스비즈타워2차 1005호
편집 02)333-0812 | **마케팅** 02)333-9918 | **팩스** 02)333-9960
이메일 postmaster@bybooks.co.kr
홈페이지 www.bybooks.co.kr

내 삶이 누군가에게
위로가 되길

————

안현진 지음

바이북스
ByBooks

들어가는 글

아이들은 크는 모습이 아쉬울 정도로 하루하루 눈부시게 성장하고 있다. 5살, 4살 된 연년생 아들 둘과 하루 종일 함께 있다 보면 내 밑바닥까지 보게 되는 경험을 수시로 하게 된다. 헐크로 변신해 아이들에게 소리칠 때면 나 스스로도 깜짝 놀라게 된다. 내게 이런 모습이 있었던가! 육아 때문에 보고 싶지 않은 내 모습을 끊임없이 마주하게 하는 것이 괴로울 때도 많다.

준비 없이 일찍 결혼을 하고 아이를 낳았다. 아내라는 자리, 엄마라는 자리가 혼란스러웠다. 친구들은 직장에서 전문직 여성으로 경력을 쌓아가고 있는데, 나는 대체 뭘 하고 있는 건가. 나는 누구인가. 말로 표현할 수 없는 복잡한 감정들이 가슴속에서 휘몰아쳤다. 다가오는 명절을 걱정하고 품에 안긴 채 우는 아기를 보며 이유를 몰라 종종거렸다. 결혼과 출산을 통해 나를 둘러

내 삶이 누군가에게 위로가 되길

싸고 있던 환경이 완전히 뒤바뀌었다. 지금 내가 느끼는 이 감정이 무엇인지, 정상인지, 다들 이런 통과의례를 거치는 건지 주위에 마음 편히 물어 볼 친구가 없었다.

그래서 책을 읽었다. 어떻게 하면 결혼생활을 좀 더 잘 할 수 있는지, 아이는 어떻게 키워야 하는지 책을 통해 묻고 답을 구했다. 책은 학창시절부터 지금까지 '아낌없이 주는 나무'처럼 힘들 때마다 늘 곁에 있어주었다.

큰 굴곡 없이 자란 내게 '인간 좀 되어라!' 하고 두 아들을 보내준 거라 생각했다. 아이들 때문에 잃는 것이 많다 생각했지만 얻는 것이 더 많았다. 결혼 후 아이를 낳고는 우물 밖 세계를 알게 된 개구리가 된 기분이다. 엄마가 되지 않았더라면 몰랐을 세계와 감정들은 새롭고 놀랍고 두려웠다.

들어가는 글

매일 반복되는 일상을 의미 있고 가치 있게 바꿔보고 싶어 시작한 독서가 글쓰기로 이어졌다. 블로그에 아이들이 성장하는 모습을 기록했다. 쓰면 쓸수록 평범한 일상이 감사하고 가치 있게 느껴졌다.

나의 일상이 감사로 가득하고 조금씩 성장해 나가는 삶을 살게 된 것은 모두 책과 글쓰기 덕분이다. 인생이 변한다는 독서의 임계점을 아직 넘어보지도 않았고 이렇다 할 성공을 이룬 것도 없는 평범한 전업주부다. 일상을 다룬 에세이를 좋아하고 사람들의 살아가는 이야기를 담은 휴먼 다큐를 좋아한다. 책을 읽으며 내 일상이 결코 보잘 것 없는 게 아니라는 사실을 알았다. 주위를 둘러보고 그들이 살아가는 모습을 읽고 보면서 '나만 이렇게 살고 있는 게 아니구나.' 느끼며 공감하고 위로 받았다. 지금도 일상 속에 있는 보물을 찾아가는 중이다.

　힘든 일상을 살아가는 이들을 위한 따뜻한 글을 쓰고 싶다. 서른이 되니 결혼하는 친구들이, 아이를 낳고 엄마가 되는 친구들이 많이 생겼다. 주위에서 일찍 결혼한 게 후회되지 않냐고 물어보기도 한다. 결혼과 육아는 나를 진지하게 돌아보고 어떻게 살 것인가, 어떤 사람으로 살 것인가를 끊임없이 고민하고 생각하게 만들었다. 엄마로서, 여자로서 충분히 멋지게 성장하는 삶을 살아갈 수 있음을 안 이상 후회하지 않는다. 육아에 대한 조언을 해주려는 것이 아니다. 그저 내 글을 통해 단 한 사람이라도 공감과 위로를 받고 다시 일상을 살아갈 힘을 받을 수 있으면 좋겠다.

2019. 5.

차례

3장 읽고 쓰는 삶

4장 내 인생 두 번째 이야기 그리고 책

1장

내 삶이 누군가에게
위로가 되길

특별하지
않은 삶

친정에서 저녁을 먹고 돌아온 밤. 엄마가 싸준 반찬과 가져간 짐들을 정리하다가 부재중 전화를 확인했다. 오랜만에 보는 친구 이름이었다. 반가운 마음에 바로 전화를 걸었다. 잘 사냐고 묻는 친구의 목소리에 힘이 하나도 없었다. 1년 전 다니던 병원을 그만두고 공무원 시험을 준비할 거라던 친구였다.

"준비한다던 시험은? 어떻게 됐어?"

"떨어졌지."

병원에 계속 있는 친구들은 6, 7년차가 되고 주위에서는 결혼한다고 연락이 오는데 자기는 뭘 했는지 모르겠다고 했다. 간호학 공부도 그만하고 싶고 다시 취업할 생각에 한숨을 내쉬었다. 여러 가지 일들이 겹쳐 마음이 복잡해보였다. 공무원 시험 준비가 만만찮다는 내게 언제 다시 일 할 거냐고 물었다.

"아이들이 조금 더 크면. 간호사 말고 다른 일을 해보고 싶어."

"다른 일 뭐? 같이 좀 하자. 나도 간호사가 안 맞는 거 같아!"

절규하듯이 말하는 친구의 마음이 어떤지 알기에 듣고 있을
수밖에 없었다.

"결혼은 아직 계획 없어?"

"결혼? 결혼할 생각 없는데?! 결혼하면 뭐가 좋은지 얘기해줘.
제발."

일과 결혼에 있어 예민해져 있는 친구를 보니 결혼 전의 내
모습이 떠올랐다. 간호사로 살면서는 간호사라는 좁은 세계만
보였다. 병원에서 일할까, 공무원 준비를 할까? 큰 병원에 가서
경험을 쌓을까, 조금 덜 힘든 병원엘 갈까? 보건직 공무원이 나
을까, 간호직 공무원이 나을까? 나도 했었던 고민이다.

든든한 후원자가 생긴 것 같아서 결혼이 좋다고 했다. 친구는
여전히 힘없는 목소리로 결혼 잘 했구나 한다. 결혼 전과 후의
내 이야기를 했다. 너무 좁게만 생각하지 말라고, 우리가 모르는
세계가 너무 많으니 괜찮다고 말했다.

두 아들이 달려들면서 통화가 더 어렵게 되자 또 전화하자며

급하게 끊었다. 힘이 없던 친구의 목소리가 걸려 이틀 뒤 다시 전화를 걸었다. 한결 밝아진 목소리였다. 밖에 나갔다 이제 집에 들어간다기에 더운데 어딜 갔다 오냐고 물었다. 남자친구를 만나고 왔다고 한다.

"그래서 이렇게 기분이 좋구나? 이틀 전에 목소리가 너무 안 좋아서 다시 해봤지."

"아… 그랬구나. 그 날은 정말 기분이 바닥이었어. 남자친구네 집에 일이 생겨서 일주일동안 못 만나고 있었거든. 전화해줘서 고마워!"

사랑의 힘이 크다는 것을 새삼스레 느꼈다. 직장에서, 공부에서, 인간관계에서 스트레스를 받더라도 사랑하는 사람이 곁에 있으면 아무 일도 아니게 된다. 다시 용기를 내게 만들어주는 존재다.

신규간호사 시절, 새벽같이 일어나 출근하고 머리가 헝클어지도록 일을 한 뒤에 남자친구를 만났다. 끝나면 남자친구 만날 생각에 더 힘내서 일했던 시간이 떠올랐다. 시외버스 터미널 근처에서 남자친구가 타고 갈 차 시간을 기다리며 햄버거 가게에 있었다. 마주보며 앉아 있다가 남자친구가 헝클어진 머리를 하고 웃고 있는 내 모습을 찍었다. 사진 속의 나는 행복해보였다.

"뭐해?"

점심을 먹고 막 설거지를 끝낸 참이었다. 출산 예정일을 한 달 남겨두고 있는 친구에게서 전화가 왔다. 아기 낳기 전에 한 번 만나고 싶은데 둘 다 시간이 잘 맞지 않았다. 며칠 전, 주수에 비해 아기가 좀 큰 편이라는 얘길 듣고 걱정을 했었다. 좋아하는 수박도 꾹 참고 있다며 낳고 나면 실컷 먹을 거라는 친구 얘기에 나의 임신 기간 기억들이 소환되었다.

임신 중에 몸무게는 얼마나 쪘는지, 모유 수유 할 때는 음식을 더 가리게 된다든지, 출산하고 아기 몸무게 밖에 안 빠져서 실망했다는 등의 얘기를 하며 웃었다. 친구는 뱃속에 있을 때가 제일 편하다고 지금을 즐기라고 하는데 얼른 아기를 만나고 싶다고 했다. 나도 그랬다. 아기를 키워본 적이 없었으니 열 달을 품고 있는 아기가 궁금하고 보고 싶었다.

두 차례 임신 기간을 겪어봤지만 처음은 처음이기에 모든 순간이 기다림이다. 뱃속에 있을 때가 편하다, 낳으면 고생 시작이다, 지금을 즐겨라 하는 말은 와 닿지 않는다.

아무리 옆에서 말해도 직접 경험해보지 않으면 모른다. 잠 못 이루며 아기를 먹이고 씻기고 재우던 시절엔 잠 한 번 푹 자봤으면 좋겠다 생각했다. 자주 가던 영화관과 카페가 연례행사가 될 줄 몰랐다. 아기를 기다리는 엄마의 마음이 어떤지 알기에 그저 친구의 말에 공감하고 들어주었다.

아기 용품이 워낙 다양해 뭘 준비해야 하는지 어떤 걸 써야 좋은지도 몰랐다. 형님 두 명과 사촌언니가 물려준 그대로 쓴 것이 대부분이다. 젖병의 젖꼭지도 사이즈가 있는지 몰랐다. 뒤늦게 알고는 인터넷으로 찾아봤다. 이런 것까지 물어봐도 되나? 너무 편하게 알려고 한다고 생각하면 어쩌지? 하는 마음에 인터넷과 책으로 먼저 찾아봤다. 그래도 이해가 안 가고 모르겠으면 물어봤다. 친구가 임신했을 때 '축하해!' 다음으로 한 말이 궁금하고 모르는 거 있으면 언제든지 물어보라는 것이었다. 모르는 것 투성이였던 내가 이제는 똑같은 고민을 하는 친구에게 도움을 줄 수 있다는 사실이 기뻤다.

점심 설거지를 마치자 전화벨이 울린다. 서울 사는 대학 룸메이트였다.

"돼지야 뭐해."

"점심 먹고 설거지 하고 이제 막 앉으려던 참이었지."

"돼지야. 나 스트레스 받아 죽겠어."

졸업 이후 쉬지 않고 일해 병원에서 '실장'이라는 직함까지 달고 있는 치위생사 친구였다. 자리에 대한 부담감과 인간관계에서 오는 스트레스에 대해 이야기했다. 장점이라 여겼던 성격이 이젠 싫어진다고, 잘못된 걸 지적하면 뒤에서 욕 할까봐 신경 쓰이고 성격을 바꿔야 하나 고민 했다.

고등학생 때 첫 인상이 쉽게 다가가기 어려운 친구가 있었다. 하지만 알고 지낼수록 그렇게 좋은 친구가 없었다. 그 친구를 같은 병원 같은 부서에서 신규간호사 동기로 다시 만났다. 나와 다른 동기들은 윗연차 선생님에게 오르내리던 우리 이야기에 신경이 쓰였다. 반면 그 친구는 태연했다.

"욕 하라지 뭐!"

싫은 건 싫다, 아닌 건 아니다 딱 부러지게 말했다. 동기 네 명 중 그 친구만이 살아남았다. 주위 신경 많이 쓰던 나도 카리스마 있는 그 친구를 닮고 싶었다. 내 성격이 싫어지기도 했다. 생김새가 다르듯이 성격도 다 다르다.

"네가 직장에서 받는 스트레스에 대해서 한 번씩 얘기했었잖

아. 그때마다 그만두지 않고 잘 지나왔잖아. 그게 대단한 거야. 잘하고 있는데 뭐. 만날 때마다 멋진 서울 아가씨가 돼서 나오는 널 보니까 멋있고 부럽더라. 만약에 아무 스트레스 없이 하루가 매일 평탄하면 이런 고민조차 하지 않게 될 거고 그러면 성장할 기회도 없겠지. 오늘같이 쉬는 날에 기분 재충전해서 또 출근해 야지. 잘하고 있어 정말. 네가 잘못하고 있다고 생각하지도 않고 그것 때문에 네 좋은 성격 바꿀 필요도 없는 거 같아."

남편이 맛있게 끓인 닭죽을 아이들과 먹고 있던 참에 또 전화 가 걸려왔다. 재개봉한 영화 〈라라 랜드〉를 봤는데 예전에 내가 했던 말이 생각나 전화했다고 한다. 2년 전 영화를 보면서 하고 싶은 일을 찾아가던 친구 커플이 생각났었다. 꿈을 향해 좇아가 던 남녀 주인공이 힘들게 그 꿈을 이뤘을 때 곁엔 다른 사람이 있었다. 환상적이고 예뻤던 영화가 엔딩에서 아쉬웠다. 영화처 럼 아름답게 끝났으면 좋았을 텐데… 영화는 두 주인공이 헤어 진 결과만 보여줬지만 그 과정에 어떤 일들이 있었는지는 상상 에 맡긴다.

"좀 전에 놀러 왔다가 가는데 배웅해 주려고 같이 엘리베이터를 탔어. 근데 얘가 이어폰을 끼는 거야. 화가 갑자기 나서 잘 가하고 돌아왔어. 평소 같음 버스 올 때까지 기다려주거든. 내가 왜 화났는지 알아?"

"네가 옆에 있는데 이어폰 꼈으니까!"

남자들은 말하지 않으면 무엇 때문에 화가 났는지 모른다. 굳이 이런 것까지 말해야 하나 싶어 말하지 않고 알아주길 바랐다. 그래서 연애 초기 때 많이 싸웠다. 올해로 만난 지 9년차 된다는 친구가 처음 〈라라 랜드〉를 봤을 땐 이해 안 되던 것이 지금은 이해가 된다고 했다.

"그냥 흘러가는 대로 두고 보자."던 이야기를 했다. 남자친구가 싫어진 것도 아니고 권태기도 아니지만 서로 바쁜 요즘 이 친구와 헤어질 수도 있겠단 생각이 든다고 한다. 결혼 생각이 아직 없지만 나중에 결혼이 하고 싶어지면 어떻게 해야 할지 모르겠다고 했다.

"결혼은 꼭 하고 싶은 사람하고 해. 옆에 있다고 하지 말고."

어떻게 될지는 모르지만 시간이 흐르면 알게 되지 않겠냐고, 그냥 흘러가는 대로 두고 지켜보려고 한다며 전화를 끊었다.

택배전화, 친정엄마, 남편을 제외하곤 거의 울릴 일 없는 내 전화기가 요즘 자주 울린다. 친구들이 저마다의 고민을 안고서 전화한다. 20대가 아닌 30대로 진입하는 길목이어서일까. 4살 차이 나는 남편에게 서른이 되면 어떤 기분인지 알려달라고 했었다. 그때마다 너는 서른이 안 올 것 같냐며 눈을 흘겼다.

서른이야 오겠지만 멀게만 느껴졌다. 앞에 숫자 하나가 달라지면 큰일 날 것만 같았다. 막상 서른이 되니 특별한 생각이 들지 않는다. 친구들의 고민을 들어보면 나도 해봤던 고민이거나 충분히 공감이 가는 얘기들이다.

직장, 연애, 결혼, 출산, 육아에 대한 고민을 내 경험을 바탕으로 이야기 해줄 수 있다니! 특별하지 않은 내 삶의 이야기가 누군가에게 공감이 되고 위로가 된다 생각하면 나의 일상에게 고마워진다. 물어볼 곳 없어 막막하고 시행착오를 겪던 시절을 잘 지내온 내게도 고마워진다. 모두들 그렇게 살아간다. 특별하지 않지만 그 자체로 특별한 일상을, 특별한 삶을 치열하게 살아가고 있다.

기대고 싶은
어느 날

여름이 코앞으로 다가온 작년 6월. 첫째가 기침을 하고 열이 오르더니 4일 만에 내렸다. 열이 내린 바로 그 날 둘째의 열이 오르기 시작했다. 첫째처럼 열이 오르다가 내릴 줄 알았다. 5일째 되던 날, 열은 39도를 넘어서고 컨디션은 좋아지지 않고 먹은 건 물 조금 밖에 없었다. 도저히 안 되겠다 싶어 어머님에게 부탁하여 함께 소아과를 찾았다. 폐렴이 심해 입원을 했다. 두 아이가 번갈아가며 열이 오르내리던 일주일동안 잠을 제대로 자지 못했다. 낮 동안 잘 놀다가도 밤이 되면 기침과 열이 심해졌다. 몸은 힘들었지만 정신을 지탱해준 건 책이었다.

아이가 아플 때 《채링크로스 84번지》라는 책을 만났다. 저자 헬렌 한프가 영국의 한 헌책방과 주고받은 편지를 엮은 책이다.

내 삶이 누군가에게 위로가 되길

무려 20년 동안 편지를 주고받을 수 있었던 것은 '책을 사랑하는 마음'이라는 공통점이 있었기 때문이다. 구하기 힘든 고서적들을 부탁하며 편지는 영국과 미국을 오고 간다. 책뿐만 아니라 고객과 서점 직원들 간의 개인적인 이야기들, 크리스마스 선물이 오가는데 읽는 독자에게 흐뭇함을 제공한다. 얼굴 한 번 본 적 없는 이들이지만 편지로 끈끈한 우정을 쌓아간다. 책으로 연결된 사람들이란 사실이 멋졌다. 연애편지를 읽는 것처럼 설렜다. 아이가 아픈 와중에도 내 기분까지 쳐지지 않게 해준 책이었다. 오히려 다시 책을 펼칠 생각을 하면 힘이 났다.

희귀 고서적에 관심이 있는 가난한 미국인 작가가 1949년에 처음 편지를 보낸다. 잡지에 실린 절판 서적을 전문으로 다루는 서점 광고를 보고 책의 목록과 돈을 넣어 보낸다. 환산한 금액과 청구서, 책 목록, 책의 재고 상태에 대한 글이 적힌 편지에 가슴이 두근거렸다.

영화에서 보던 외국의 옛 아파트에서 희곡, 방송대본 등의 글을 쓰고 책을 읽고 있는 저자의 모습, 고풍스럽지만 소박할 것 같은 영국의 서점에서 책과 함께 일하는 점원들의 모습을 떠올려보았다.

글을 써서 생활하기에 빠듯하지만 헌책을 사 모으는 걸 좋아하는 저자와 닮은 점을 찾았다. 가계상황이 잠시 어려웠을 때도 책 사는데 만큼은 아끼지 않았다. 사고 싶은 만큼 사지는 못해도 꾸준히 읽고 싶은 책들을 샀다. 돈이 생기면 급한 곳에 쓰고 남으면 책을 샀다.

책으로 둘러싸인 서점에 가면 기분이 좋다. 책을 깨끗하게 보는 편이 아니기에 빌려보기 보다는 사서 본다. 생각나거나 느낀 점은 여백에 써놓고 중요한 부분은 밑줄도 긋고 접기도 한다. 그래서 도서관 보다는 서점가는 것을 더 좋아한다.

책들로 빼곡한 공간에서 새로 나온 책 구경하기, 예쁜 책 제목 사진 찍기, 새 책 냄새 맡기, 책 읽는 사람들 모습 구경하기. 가장 좋은 것은 서점을 나올 때 마음에 드는 책 한 권 사서 나오는 것이다.

온라인 서점을 애용 하지만 직접 눈으로 보고 '엇, 이 책 좋은데? 읽어보고 싶다!' 하고 사는 책과는 또 다르다. 정가를 다 주고 사서인지 온라인으로 구매 한 도서보다 더 읽게 된다.

네모난 갈색 박스에 담겨 오는 책과 내 손으로 직접 만지고 펼쳐보고 가져온 책은 첫 대접부터 다르다고나 할까. 기분이 안

내 삶이 누군가에게 위로가 되길

좋거나 답답한 날에는 제일 먼저 떠오르는 장소가 서점이다.

동네 서점이 집과 멀다. 주로 저녁에 온가족이 차를 타고 서점엘 간다. 책을 꼭 사지 않더라도 그냥 그 장소에 있는 것만으로도 행복하다. 타지에서 친구의 결혼식이 있어 참석하고 돌아오는 길에 서점에 들렀다. 아이들 것 까지 각자 한 권씩 골라서 돌아왔다. 남편은 집에 오자마자 침대 위에 쓰러지듯 누웠다. 왕복 운전을 하고 아이들 보느라 많이 피곤해했다. 나도 몸은 피곤했지만 급한 집안 일만 해놓으려고 빨래를 돌리고 베란다에서 널고 있었다. 그런데 기분이 계속 좋았다. 왜 이렇게 기분이 좋은 거지? 생각하고 있는데 베란다와 붙어 있는 안방에서 남편이 말했다.

"기분 좋아 보이네."

"서점에 갔다 오면 기분이 좋아요."

라는 말이 바로 튀어 나왔다. 방금 전까지만 해도 기분이 좋은 이유에 대해서 생각하고 있었는데 나도 모르게 대답이 나왔다. 말해 놓고도 얼떨떨했다. 그 날 처음으로 내가 에너지를 얻는 장소가 서점임을 명확하게 알았다. 참새가 방앗간을 그냥 못 지나치듯 서점이 내겐 참새의 방앗간 같은 곳이었다.

예전에는 "커피 마실래?" 하고 물어봐주는 말이 제일 좋았는데 지금은 "서점 갈래?" 하는 말이 가장 기분 좋은 물음이다. 거기다 "내가 책 사줄게. 사고 싶은 거 골라." 하는 남편의 말이 있으면 금상첨화다.

지난 해 겨울 라식 수술을 하기 위해 서울을 몇 차례 오갔다. 신논현역 6번 출구로 나오니 올 겨울 교보타워에 걸린 시라며 신문 1면에서 봤던 빌딩이 보였다. 시간이 되면 서울 서점 구경이나 가봐야지 했는데 가까운 곳에 교보문고가 있었다. 그냥 큰 서점이겠거니 하고 엘리베이터를 타고 지하 1층으로 내려갔다. 문이 열리자마자 눈이 휘둥그레졌다. 해리포터가 호그와트를 처음 왔을 때의 느낌이 이럴까? 가본 서점 중 가장 큰 서점이었다. 끝이 보이지 않는 넓은 공간을 가득 채운 책들, 곳곳에서 집중하며 독서하는 사람들의 모습에 압도되었다. 그 후로 검진 차 서울을 갈 때마다 교보문고에 들렀다.

종일 아이들을 보고 있을 남편에게 미안했다. 낯선 곳에 있으면 빨리 집으로 돌아가고 싶은 마음이 커져서 볼일만 보고 바로 버스를 타러 간다. 그 사이에 검진 시간이나 버스 시간이 남으면 그 사이에 서점에 들러서 책을 한 권씩 사오곤 했다. 어느 날은 내 책과 남편 책만, 어느 날은 아이들 책만 사오기도 했다. 이렇게 자주 서울을 오갈 줄 몰라 가는 길의 마음은 늘 무거웠다. 하지만 서점을 잠깐이라도 들렀다 올 생각만 하면 금세 기분이 좋아졌다. 동네 서점과는 또 다른 신선한 에너지를 충전받아 내려왔다.

누구에게나 자신만의 에너지 충전소가 있을 것이다. 기름이 있어야 자동차가 움직일 수 있고 주유소에 가야 기름을 넣을 수 있다. 내겐 자동차의 기름이 책이고 주유소가 서점이다.

잘 놀고 있는 아이들을 보다가 울컥 눈물이 날 때가 있다. 책도 읽기 싫고 글도 쓰기 싫고 영화를 봐도 충족되지 않는다. 한없이 무기력하고 공허하다. 아이가 커 가는 순간이 아까울 정도로 감사한 날들을 보내다가도 힘들고 지치는 날이 몰아칠 때가 있다.

엄마가 자식을 키우는 과정은 힘든 게 당연하다, 엄마가 된 이상 감내해야 할 일들이라 생각했다. 친정엄마에게 말하면 걱정 끼쳐 드리는 것 같아 죄송하다. 남편에게 말하는 것도 한두 번이

26
–
내 삶이 누군가에게 위로가 되길

지 계속 들으면 덩달아 힘 빠질 것 같아 삼키는 날이 많았다.

당연한 걸 가지고 징징거리는 것 같아 "애 키우는 게 힘들어요." 하는 말은 잘 하지 않는다. 그렇게 힘들면 어린이집 보내면 되지 뭐 하러 데리고 있냐는 말도 듣고 싶지 않았다. 육아가 힘든 것과 어린이집을 보내는 것은 별개라고 생각한다. 두 가지를 자꾸 연결시키니 힘들다는 말도 하지 못했다.

막연히 딸 하나, 아들 하나 두 살 터울로 낳고 싶다 생각했다. 연년생 아들 둘 엄마가 될 줄은 꿈에도 몰랐다. 목에 매달리고 등과 배에 올라타는 건 예사다. 소파, 침대 위에서 풀쩍풀쩍 뛰어내리고 아찔한 순간은 얼마나 많은지… 소리 지르며 뛰어 다니는 에너자이저 아들들을 보면서 혀를 내두른다.

놀이 매트에 우유를 붓고 손으로 참방참방 장난치던 둘째. 그날 하루만도 몇 번째 닦는 우유인지 이해해야지 하면서도 화가 났다. 그 화를 참지 못하고 소리를 꽥 지른 날이면 마음은 더 힘들다. 아이에 대한 미안함과 나란 엄마에 대해 회의감이 든다. 좋은 엄마가 되려고 너무 애쓰지 않으려고 하지만 소리 지르는 엄마만큼은 되고 싶지 않았다. 엄마가 화내서 미안하다 말해도 내 마음만 계속 불편하지 아이는 전과 다름없이 깍깍거리며 논다.

내 삶이 누군가에게 위로가 되길

저렇게 작은 아이 마음에 내가 못을 박고 있는 건 아닌지 생각하면 기분이 가라앉는다. 그런 와중에 친구에게 전화가 걸려왔다. 임신과 육아에 대해 이야기 하다가 지금 기분을 말하게 됐다.

"한 번씩 가슴이 답답해서 미칠 것 같을 때가 있어. 속에선 금방이라도 터져버릴 것처럼 아아악 소리를 질러대는데 입 밖으로는 안 나와. 그러곤 흐느껴 울어."

친구는 고등학생 때 친구관계에서 오는 스트레스로 인해 화병을 진단받았다고 했다. 내 얘기를 듣더니 화병 초기 아니냐는 말에 깜짝 놀랐다. 힘든 게 당연하다 생각하지 말고 남편이나 친구에게 말해서 풀어야 한다고 했다.

'화병이라고? 내가?'

남편에게조차 보여 주기 싫은 내 모습에 스스로가 실망했다.

'이렇게 밑바닥인 사람이었어? 힘없는 아이들이 내 감정의 쓰레기통도 아니고 그렇게 소리를 질러대야 했을까. 이런 나를 보고 남편이 실망하면 어떡하지?'

하는 생각에 사로잡힐 때가 있었다.

남편이 합숙훈련에 들어가고 주말 부부로 지낼 때였다. 친구가 하는 말을 들으며 울었다.

내 삶이 누군가에게 위로가 되길

'애쓰고 있구나… 힘든 게 당연한 게 아니었어… 혼자만 눌러 담지 말고 이제부터라도 주위에 말해… 나 힘들다고.. 나름대로 노력하는데도 아이 키우는 게 너무 힘들다고.'

그 날 밤 장문의 문자를 남편에게 보내 놓고 잠이 들었다. 아침에 일어나 확인해보니 다 이해한다는 남편의 따뜻한 답장이 와 있었다. 답답하던 마음이 내려가고 한결 가벼워졌다. 말하지 않고는 내 마음이 어떤지 상대방은 잘 모른다. 혼자서 에너지가 충전되지 않을 때는 누군가에게 기대보려고 한다. 내 이야기에 귀 기울여주고 이해해주는 이가 있다는 사실만으로도 감사하고 힘이 된다. 힘들고 지칠 때, 기대고 싶을 때 생각나는 사람. 나도 누군가에게 그런 존재가 되고 싶다.

내 삶은
가치 있는가

남편은 연애할 때부터 지금까지 한결같다. 남에게 도움이 되는 사람이고자 했다. 어떨 땐 오지랖이 넓다는 말을 듣기도 한다. 사귄 지 얼마 되지 않았을 때 학교 주위 버스 정류장을 지나갈 때였다. 같은 과이자 교지 후배가 버스를 기다리고 있었다. 날은 어두워지고 버스 기다리는 후배가 안쓰러웠던지 오토바이로 태워주겠다는 것이다. 후배는 여자였다.

여자친구는 어두운 저녁 길을 혼자 걸어서 집에 가게 하고 후배는 오토바이로 태워주다니! 앞에서는 괜찮다하며 뒤돌아서서 오는데 화가 났다. '오지랖 넓은 사람 같으니라고!' 속으로 투덜거렸다.

질투를 하는 건지, 화가 나는 게 당연한 건지 헷갈렸다. 착하

디착한 선배 앞에서 그런 일로 질투나 하는 속 좁은 여자친구가 된 것 같았다. 나중에야 기분이 나빴다는 걸 안 남자친구가 다시는 뒤에 여자를 태우지 않겠다며 화를 풀어줬다. 시험 기간 때도 나뿐만 아니라 친구, 후배들 공부까지 봐줬다.

"선배, 선배 공부나 하지 다른 사람들 것까지 다 봐주면 선배는 언제 공부해요?"

"원래 남 가르치면서 자기 공부도 하는 거야."

태평하게 말하던 남편의 성적은 항상 상위권이었다.

간호사가 되어 일할 때도 마찬가지였다. 환자와의 신뢰관계가 두터웠다. 한 번 물어봐도 될 것을 두 번, 세 번 물어보고 도움이 더 필요한 것은 없는지 확인했다. 자신의 도움을 필요로 하면 늘 앞장섰다. 소방 합숙훈련을 할 때도 가장 먼저 솔선수범했다. 야외 훈련을 받다가 동기가 허리 통증으로 쓰러지거나 다리에 쥐가 나면 달려가서 풀어주었다고 한다. 아픈 사람을 그냥 지나치지 못한다. 같이 훈련 받는 동기 중 남편보다 형인 사람을 만난 적이 있다. 소방학교 이야기를 하다가 농담 반, 진담 반으로 이런 말을 했다.

"전교생에 얘 모르는 사람 없을 거예요. 제일 앞에서 구령 넣고 소리치고 시범으로 나서요. 완전 오지랖 덩어리에요!"

오지랖 덩어리란 말에 모두 웃었지만 한편으론 씁쓸했다. 앞에 나선다는 게 좋게 보는 사람이 있는 반면 안 좋게 보는 사람도 있다. 남편의 모습에 자극을 받고 더 열심히 하는 사람도 있고 왜 저렇게 나서냐 하는 사람도 있을 것이다.

10년째 보아오는 남편은 자신이 조금 힘들더라도, 남이 알아주지 않더라도 도움이 되는 일이라면 그냥 하는 사람이다. 귀찮은 일은 피할 법도 한데 자신이 할 수 있는 일이면 맡아서 한다. 3교대 근무로 매일 녹초가 되어 돌아오던 때도 병원 영상 만드는 일을 했다. 소방 학교 졸업식 영상 만들 때도 근무지로 출퇴근 하던 때였다. 새 근무지에 적응하고 일 배우기도 벅찰 텐데 그걸 또 기쁜 마음으로 시간 내서 만들고 있었다. 갑자기 졸업식이 취소되면서 영상도 필요 없게 되었다. 그런데도 끝까지 자막 넣고 편집해서 완성했다. 단체 채팅방에 올려 모두가 볼 수 있게 했다. 남을 도와주는 소방관 일이 남편에겐 천직이다.

남편만큼 인생에 대한 확고한 가치관이 있었던 것은 아니다. 그저 밤하늘을 환하게 비추는 보름달처럼 옆에 있으면 기분 좋아지고 밝아지는 사람이 되고 싶었다. 남편은 결혼 전이나 지금이나 내겐 늘 큰 사람이다. 나보다 품이 넓은 사람, 선한 사람, 본받고 싶은 사람이다.

아가씨 때는 개인주의적인 성향이 강했다. 뱃속에 아이를 품게 되자 예쁜 것만 보여주고 싶고 좋은 생각만 하고 싶었다. 모든 엄마의 마음이 같지 않을까. 그래서인지 나를 제일 우선으로 생각하던 성격이 조금씩 둥글어져 갔다. 임산부를 향한 작은 배려에도 감사했다. 아이가 지나가면 그렇게 귀여울 수가 없다. 내 아이만 예쁜 것이 아닌 모든 아이가 예쁘고 사랑스러웠다.

공공장소에서 아이가 떼를 쓰고 울고 있으면 미혼일 땐 인상을 찌푸렸다. 지금은 엄마 마음이 어떨까 먼저 헤아리게 된다. 차가 다니지 않는 짧은 거리의 신호등에서도 그냥 건너갈 수가 없다. 쑥쑥 자라는 아이를 보면서 본받고 싶은 어른, 사회에 선한 영향력을 미치는 사람이 되고 싶다는 생각을 했다.

비가 왔다가 안 왔다가 하루 종일 습하고 더운 날씨가 이어지던 어느 날. 낮 동안은 나갈 엄두를 못 내다가 저녁을 먹고서야 아이들을 데리고 첫 외출을 했다. 나가면서 보니 우편함에 반가운 소식이 하나 도착해 있었다.

2017년 5월, 어린이날 기념으로 결연후원을 맺은 베트남 아들의 성장보고서가 들어 있었다. 후원을 시작하면서 받았던 사진과 다르게 많이 커 있는 모습에 놀랐다. 신장, 체중, 건강상태, 장래희망이 기재된 정보와 늠름하게 서 있는 아이의 모습을 보니 흐뭇했다.

기부는 여유가 있는 사람들이나 하는 거라고 생각했다. 이런 생각이 바뀐 것은 엄마가 되고부터다. 첫 후원은 둘째 아이가 태어났던 해 겨울이었다.

아이들을 재우고 인터넷으로 아토피에 대한 자료를 찾아보다가 우연히 영상 하나를 보게 되었다. 엄마 없이 몸이 불편한 아버지와 어렵게 생활하고 있는 형제의 영상이었다. 집이 어려우니 동생을 시설에 맡겼다가도 발걸음을 떼지 못하고 다시 데리고 돌아오고를 반복했다. 형은 아픈 사람들을 치료해주는 의사가 되고 싶다고 했다. 영상을 몇 번이고 돌려보는데 눈물이 멈추지 않았다. 우리 아이들 같아 마음이 아팠다. 아이들 곁에 있을 수 있다는 것만으로도 감사해 눈물이 났다. 그리고 그날 밤 바로 후원 신청을 했다.

다음 해, 육아가 곧 엄마의 성장임을 깨닫게 해 준 육아선배

내 삶이 누군가에게 위로가 되길

님의 블로그에서 〈행복한 부메랑〉이라는 캠페인을 보았다. 다른 사람에게 무언가를 주었다면 그것은 대부분 도와준 사람에게 돌아오기 마련이라는 글을 보고 가슴이 뜨거워졌다.

세계적으로 성공한 인물들의 책을 읽다보면 공통적인 것 중 하나가 기부였다. 기부에 대한 큰 의미는 가지고 있지 않았지만 글을 읽으며 느꼈던 뜨거운 감정과 내 아이를 사랑하는 또 다른 방법으로 베트남 아이와 1:1 결연을 맺게 되었다. 후원 아동의 사진을 처음 받아 본 날, 아들이 한명 더 생겼다. 첫째에게도 먼 나라에 있는 형이라고 얘기해주었다.

작년 5월, 〈행복한 부메랑〉 두 번 째 캠페인을 보고선 망설여졌다. 이미 두 명이나 후원하고 있는데 우리 형편에 충분하지 않을까 해서였다. 남편이 직장을 그만두고 시험 준비를 하면서 주 수입이 끊긴 채 아홉 달째 생활해 오고 있었다. 나가는 돈은 고정적인데 들어오는 돈은 거의 없으니 생활이 빠듯했다. 돈 때문에 마음이 무거워진 적도 많았다. 하지만 그동안 모아 놓은 돈과 만기되는 적금, 매달 들어오는 양육비와 남편의 훈련비로 생활을 유지할 수 있을 만큼의 돈이 계속 생기는 게 신기했다.

준비하던 시험도 잘 돼서 6월부터는 일을 시작하게 되었고 두

내 삶이 누군가에게 위로가 되길

아들도 아픈 곳 없이 잘 커주는 게 감사했다. 어쩌면 내가 하는 이 작은 후원이 부메랑이 되어 우리 가족에게 돌아오는 것이 아닐까! 그래서 행복한 부메랑이구나! 감사한 마음으로 남편 이름으로 타지키스탄 아동과 결연을 맺었다. 또 한 명의 아들이 생겼다. 올해는 첫째 아들 이름으로 우간다 아동의 후원을 시작했다. 이번에도 아들이었다. 예전에 엄마가 내 사주를 보는데 아들만 넷이라 하더라는 말을 했었다. 해외 결연 아동이 모두 아들인 것은 과연 우연일까?

엄마가 된 이후에는 공감능력도 한층 높아졌다. 감정이입이 잘 돼서 많던 눈물이 더 많아졌다. 아이와 관련된 일이면 특히 더하다.

생애 첫 자선파티에 갔을 때 후원 아동 영상을 보는데 여기저기서 눈물을 훔치며 울고 있었다. 참가자 모두가 엄마였고 같은 감정을 느끼고 있다는 게 가슴으로 전해졌다. 기부는 내 아이를 사랑하는 또 하나의 방법이었다. 조금 더 따뜻한 세상이 되기 위해 노력하는 엄마가, 어른이 되고 싶다.

아이들과 강변에 산책을 나갔다. 시원하게 부는 바람을 맞으며 반짝거리는 강을 보고 있으면 평온해진다. 이 시간이 감사하고 소중하다. 쉬어갈 수 있는 벤치도 아이들이 만지고 들여다보는 풀도 그늘을 만들어주는 나무도 모두 감사해진다. 옆에선 두 아들이 까르르 웃으며 뛰어다닌다. 강아지를 보면 반가워서 멍멍이! 외치고 나뭇가지 하나에도 즐거워하는 아이들을 보면 날이 섰던 마음도 누그러진다. 하던 일이 잘 풀리지 않아 예민해 있다가도 잠시만 눈을 돌려보면 아이들이 곁에 있다. 맑은 눈망울을 쳐다보고 있으면 내 마음도 맑아지는 것 같다. 찡그린 엄마의 얼굴에 미소가 번지면 아들도 웃으며 묻는다.

"엄마 기분 좋아졌어?"

엄마의 얼굴에 조금이라도 미소가 지어지길 바라며 애쓰는 아이를 보면 가슴이 또 뭉클해진다.

'너를 낳은 건 나지만 나를 자라게 하는 건 너구나.'

아이 덕분에 내 삶은 더욱 다채로워지고 가치 있어졌다.

내 삶의 가치는 내가 정한다. 스스로가 가치 있다고 여기는 삶이 멋지다고 생각한다. 가진 것이 많은데도 불평만 하고 감사는커녕 당연하게 생각하는 사람도 많다. 가진 것은 적더라도 충만한 하루를 보내는 사람의 인생은 얼마나 멋진가. 그런 인생을 살려고 한다.

　다시 새로운 아침을 맞게 된 것에 감사하고 주어진 오늘 하루에 최선을 다하는 삶. 오지 않은 미래를 위해 오늘의 행복을 포기는 하는 것이 아닌 지금 행복한 삶. 내일, 다음에란 말을 좋아하지 않는 아이들처럼 현재를 충실하게 살아가는 삶을 살려고 한다. 눈을 감게 되는 날 "당신의 인생은 어땠습니까?" 물어본다면 "매 순간이 가치 있고 행복했습니다." 답할 수 있기를 바란다.

2장

세상에 나를
소리칠 준비

나는 작가가
되기로 했다

    서점에 가면 눈길이 가는 책이 있다. 일상과 글쓰기에 관한 책이다. 비슷한 일상을 살아가는 평범한 사람이 쓴 글을 좋아한다. 동지를 만난 것 같아 기쁘다.

    '나와 비슷한 상황이네! 저자도 이럴 때 같은 감정이었구나! 생각하고 행동한건 나와 다르구나.'

    공감하며 책을 읽는다.

    일상의 글은 내게 위로와 힘을 준다. 똑같이 반복되는 일상이 지겨울 때, 허무할 때 의미를 찾는 법은 비슷한 일상을 살아가는 이가 쓴 글을 읽는 것이다.

    초등학교 1학년 때 받아쓰기를 좋아했다. 다음 날 받아쓰기가 있다고 하면 엄마와 연습을 했다. 자기 전 엄마가 국어책을 들고 범위 내에서 읽어주면 엎드려서 받아썼다. 그때의 추억을 떠올리면 입가에 미소가 지어진다. 글씨를 쓰는 행위 자체가 즐거웠다.

초등학교 3학년 때 받았던 글쓰기 수업은 매주 기다려졌다. 독서 감상문을 원고지에 쓰는 방법이 가장 기억에 남는다. 그때의 기억이 커서도 원고지 쓸 때마다 밑바탕이 된다. 한 때 시인을 꿈꾸기도 했었다. 하고 싶은 일은 늘 글과 관련이 있었다.

어릴 땐 부모님 생신이나 결혼기념일이면 꼭 편지를 썼었다. 남동생도 쓰도록 시켰다. 내 편지에는 감동을 받고 동생 편지를 읽을 땐 항상 웃으셨다. 동생은 진지하게 쓴 내용이지만 읽는 사람은 엉뚱한 글에 웃을 수밖에 없었다. 자기만의 독특한 글쓰기 세계가 어렸을 때부터 있었다. 문예창작학과를 가고 싶어 했지만 가족의 반대로 다른 학과를 택하게 된다.

작가가 꿈인 동생은 그 끈을 놓지 않고 스스로 길을 찾아 나섰다. 복수전공으로 국어국문학과를 택하고 항상 글을 쓰고 있다. 글 쓰는 친구를 가까이 두고 자문을 구하기도 한다. 자신이 하고 싶은 일이 무엇인지를 정확하게 알고 그 길을 향해가는 동생이 대견하다. 쉽지 않은 길을 가지만 꼭 꿈을 이루길 바란다.

남동생과 이야기를 나누면 시간 가는 줄 모른다. 책, 영화, 꿈, 친구 등의 주제로 여느 자매처럼 수다를 떤다. 책을 읽다가도 좋은 구절이 있거나 이 책은 꼭 소장해야 한다 싶으면 문자를 보내 공유한다. 서로의 생일 선물은 매년 책이다.

책을 좋아하다보니 글쓰기를 늘 염두에 둔다. 글쓰기를 생각하면서 자연스레 작가가 되는 꿈을 꿨다. 매일 글을 쓰는 삶을 동경해왔지만 매일 글을 쓰지는 않았다. 좋아하는 일이지만 매일 쓸 만큼 절실하진 않았다. 본업이 아닌 취미라 여겼기 때문이다.

서점에 가면 글쓰기와 관련된 책에 눈길이 가고 드라마, 영화도 글을 쓰는 사람이 주인공이면 챙겨본다. 육아기간을 내가 하고 싶은 일을 찾는 기간으로 생각하기로 했다. 무엇을 좋아하는지, 어떤 일을 할 때 즐겁고 행복한지 찾고 싶었다. 책을 붙들고 있는 내게 남편은 지나가듯 말했다.

"소비만 하지 말고 생산을 해봐. 글 쓰는 걸 해봐. 잘 할 거 같은데."

예전에도 읽기만 하고 쓰지를 않으니 발전이 없는 것 같다는 뼈아픈 충고를 한 적이 있다. 남편은 늘 내게 글을 써보라고 했다. 그때는 '내가?' 하고 흘려들었다. 막연히 생각만 하던 글과 관련된 일을 구체화시키는 일이 벌어졌다.

글을 쓰고 상을 받게 되었을 때 '내 글이 나쁘지만은 않구나!' 생각했다. 글을 쓰는 삶에 대해 진지하게 생각해 보는 계기가 되었다. 초등학교, 중학교, 고등학교 때 부모님, 친구, 선생님에게 편지를 많이 썼었다. 편지를 쓸 때마다 제일 중요하게 생각했던 한 가지가 진심이었다. '내 마음을 꾸미지 말고 진실 되게 쓰자!' 그래서인지 편지를 받는 사람은 감동하고 고마워했다.

글을 쓸 때도 마찬가지다. 조금만 꾸며도 이것이 진실인지 거짓인지 드러나게 돼 있다. 진심을 담은 내 글이 누군가에게 도움이 된다면 나도 행복할 것 같다.

엄마를 비롯해 주위 사람들 모두 다시 간호사로 돌아갈 것을 염두에 두고 묻는다.

"다시 일하게 되면 임상으로 갈 거야?"

"너도 지금부터 공무원 준비를 해보지."

그때마다 간호사가 아닌 다른 일을 해보고 싶다고 답하면 상대방은 "왜? 어떤 일?" 하고서 의아해한다. 다른 일이란 게 아직 명확해지기 전이어서 그때마다 모호하게 답했었다.

"아직 잘 모르겠어. 찾고 있는 중이야."

지금은 어떤 일을 하고 싶냐는 질문을 받으면 명확하게 답한다.

"글 쓰는 일을 하고 싶어요."

그러면 사람들은 또 묻는다.

"글? 무슨 글을 쓸 건데?"

"일상 이야기요. 내가 살아온 이야기요. 내가 앞으로 살아갈 날들에 대한 이야기를 계속 쓰고 싶어요."

답을 할수록 점점 꿈이 명확해진다. 작가는 특별한 존재라고 생각했다. 글을 잘 쓰고 특별한 인생을 산 사람만이 작가가 되고 글을 쓰는 줄 알았다. 학창 시절 공부비법 책을 읽으며 저런 역경이 있어야 공부를 잘 할 수 있다는 바보 같은 생각을 한 적이 있었다. 나는 평범한 가정이어서, 절실함이 그들보다 부족해서 안 된다는 부끄러운 합리화를 했었다.

글쓰기 수업을 듣고 매일 정해진 분량의 글을 쓰는 연습을 했다. 지금도 그렇지만 처음에는 더 힘들었다. 그래도 매일 꾸역꾸역 쓰라는 강사님 말에 꾸역꾸역 써 나갔다. 잘 쓰고 못 쓰고를 떠나 매일 일정한 분량 채우는 것을 목표로 했다. 아이들을 보면서 시간 날 때마다 노트북 앞에 앉았다. 글쓰기를 1순위로 두자 하루 일과의 중요 우선순위가 바뀌고 불필요한 일들이 걸러졌다.

글쓰기 수업 시간에 사람들이 《시크릿》을 읽고 변하지 않는 이유에 대해 들은 적이 있다. 이루고 싶은 일만 상상했지 그 과정에 도달하기 위해 노력하는 자신의 모습은 상상하지 않았기 때문이라고 했다. 나도 마찬가지였다. 작가가 되고 싶다, 작가가 되면 좋겠다고 막연히 생각만 했다. 작가가 되기 위해 노력하는 내 모습은 생각하지 않았다.

글을 쓸 때마다 '작가는 매일 쓰는 사람'이라는 강사님 말을 떠올린다. 마감일이 있는 것도 아니고 글을 씀으로써 돈을 버는 것도 아닌데 매일 글과 씨름하고 있다. 술술 써지는 날도 있지만 끙끙대며 쓰는 날이 대부분이다. 마지막 문장의 마침표를 찍을 땐 힘들게 산 정상을 오른 것 같은 뿌듯함이 든다.

"엄마 글 다 썼어?"

첫째가 묻는다.

"아직."

이라고 답할 때도 많지만

"응. 다 썼어!"

라고 답하게 될 땐 큰 성취감을 느낀다.

'오늘 하루도 해냈어!'

매일 글을 쓰는 것은 나와의 약속을 지키는 일이다. 지금은 작가라는 명함보다 매일 글을 쓰고 있는 사람이란 게 더 중요하다. 그러다보면 작가는 자연스레 되어 있지 않을까.

글쓰기도 중요하지만 아이들 보는 것도 중요하다. 글과 육아의 중심을 잡으려고 노력한다. 글이 잘 써지지 않을 땐 예민해지기도 하여 그것이 아이들에게 날아가는 불상사가 벌어지기도 한다. 체력이 금세 떨어지는 날 보면서 운동을 해야겠다는 생각을 한다. 하고 싶은 일을 하기 위해선 체력이 뒷받침되어야 함을 몸소 느끼고 있다. 아이들 재우다가 함께 잠들다가도 중간에 꼭 깬다. 방 안으로 들어오는 부엌 불빛이 나를 다시 일으켜 세운다.

'아. 다 못쓰고 잤는데.. 마저 써야겠다.'

다시 노트북 앞에 앉는다.

친구의 고민 상담을 한 시간 넘게 들을 때가 있다. 아이들 밥을 챙겨주고 DVD를 틀어주는 시간, 조금의 시간도 아까워 설거지를 한 후에 틀어주는 그 한 시간 사이에 전화가 오면 갈등이 된다. 받을까 말까. 전화를 받았다가 오롯이 쓸 수 있는 내 한 시간이 통으로 날아갈 때면 허무하다. 그럴 땐 글도 잘 써지지 않는다. 잠시 보류하여 전화를 받거나 전화를 받았다면 진실 되게 받으리라 생각하자 듣는 것이 힘들지 않았다. 오히려 친구와의 통화가 막혔던 글을 이어 쓰게 해주기도 했다.

문제는 환경이 아닌 그 환경에 처한 내 마음가짐이었다. 내겐 고민이 아닌 일이지만 친구 입장에서는 아주 심각한 고민일 수 있다. 듣는 귀도 건강에서 온다는 말이 참으로 옳다. 졸릴 때는 노트북을 덮고 침대로 가서 눕는다. 잠깐이라도 자고 일어나면 머리가 개운해진다. 배부르게 먹고 난 후에 다시 글 쓸 힘이 생긴다.

일기장을 뒤적여보다가 내가 되고 싶은 사람에 대해 쓴 글이 있었다. 글을 쓰는 일을 하고 싶다고, 내 이름 앞에 작가라는 소개가 달렸으면 좋겠다고 26살의 나는 썼다. 캘리그라피 수업을 받던 첫 시간에 자기소개를 했었다. 처음 소개를 시작하는 사람이 본인 나이와 직업을 얘기하자 그것이 정해진 규칙인 마냥 다들 그렇게 자기소개를 했다. 나도 마찬가지였다. 이제는 나를 소개하는 자리가 있다면 남편과 아이가 있는 결혼한 여성이 아닌, 나라는 사람을 대변할 수 있는 한 마디를 하려고 한다. 누군가 나에게 '당신의 직업은 무엇입니까?' 물으면 '글을 쓰는 사람입니다.' 라고 답하려고 한다. 평범한 일상의 이야기를 글로 담아내는 삶을 살고자 한다.

내 삶이 누군가에게 위로가 되길

독서 전도사를
희망하다

남동생이 군대 가기 전 나를 비롯해 사촌동생들에게 책 선물을 하고 갔다. 모두 같은 책인데 《독서 천재가 된 홍대리》였다. 주위 사람들이 책을 너무 안 읽는다고 선물한 책이다. 선물하면서 표지에 '변화하라! 안현진!'이라고 써 놓았다. 대학 3학년이 된 22살 때였다. 책을 읽는 동안은 '독서는 생존이구나! 필사적으로 읽어야겠다!' 느꼈지만 그 뿐이었다. 독서의 중요성을 알고는 있지만 막상 실천은 하지 않을 때였다.

그 해 겨울 국가고시 준비를 하면서 책으로부터 많은 위로를 받았다. 신규 간호사 1년을 보낸 후 퇴사 했을 때 도서관에서 책을 보기 시작했다. 아이를 낳으면서 다시 책을 잡았다. 모두 내가 필요로 했을 때만 책을 찾았고 빠져들었다. 절실하게 지독하게 읽지는 않았다.

작년 가을, 신문에서 《1천권 독서법》 광고를 보게 되었다. 저자는 두 아이를 키우는 14년차 직장인이다. 오랫동안 일한 직장, 늘 미안한 마음을 가지고 있던 가정, 계속 떨어지는 대학원. 모두 실패 한 것 같아 심각한 정신적 공황에 시달렸다고 한다. 그러던 어느 날 회사 직무 강의로 《인생의 차이를 만드는 독서법 본개적》의 저자 박상배 강사의 강의를 듣게 된다. 2천 권의 책을 읽으면 머리가 트인다는 말을 듣고 무력하게 지내던 저자가 살기 위해 책을 붙잡게 된다. 결과적으로 3년 2개월 만에 1천권의 독서를 통해 삶의 많은 부분이 달라졌다고 한다.

"현진아, 너는 책을 그렇게 많이 읽는데 변하는 건 별로 없는 것 같아."

이 말을 처음으로 남편에게 듣던 날 얼굴이 화끈거려서 뭐라 대꾸할 수가 없었다. 맞는 말이었다. 책을 읽고 나서 "아~ 재밌었다!" 하고 덮어버리면 남는 것이 없다. 먼저 읽은 책을 남편이 읽을 때면 왜 여기에 밑줄을 그어놓은 건지 모르겠다고 한다.

"내용을 보면서 생각을 해야 하는데 현진이가 왜 여기다 밑줄을 그어 놨는지 생각하게 되더라."

이렇게 말하며 남편은 웃었다. 내용이 좋아서 다시 읽는 책도 있고 생각나서 다시 펼쳐보는 책도 있다. 하지만 대부분은 한 번 읽고 덮어 버린다. 거실 책장 앞에 서서 어떤 책을 읽어 볼까 서성이던 남편이 말한다.

"우리 집 책장을 보면 분야가 편중되어 있는 거 같아."

나보다 책은 더 안 읽는 남편이 어찌 바른 말만 하는지 모르겠다. 나도 알고 있다. 내 독서가 편중되어 있다는 사실을! 집에 있는 책의 대부분은 내가 사고 읽는 것이다. 관심분야인 육아, 자기 계발, 에세이, 수필, 소설이 위주다. 역사, 과학, 철학, 인문학은 여전히 어렵다.

남편이 산《차라투스트라는 이렇게 말했다》는 한 페이지도 겨우 읽고 덮었다. 도무지 무슨 말을 하는지 모르겠다. 아직은 이런 책을 읽을 만큼 내 역량이 못 미치는구나 하는 생각에 독서의 갈 길이 멀어 보인다.

한번은 직접 고른 책의 서평을 써야 할 일이 있었다. 이런 기회에 평소 잘 읽지 않는 책, 내게 조금 수준 있는 책을 골라보자

싶어 선택한 것이 유시민 작가의 《국가란 무엇인가》였다. 책 읽는 속도는 더뎠지만 내용이 재밌고 다 읽고 나니 뿌듯했다.

다음 달엔 공지영 작가의 《의자놀이》를 읽었다. 쌍용차 해고 노동자에 대한 이야기를 담은 르포르타주(기록문학)다. 부끄럽지만 쌍용차에 대해 아는 것이 거의 없었다. 책을 읽기 전까지는 쌍용이 한국 기업인 줄 알았다. 해고된 노동자들은 재취업을 할 수 없다고 한다. 그렇기에 생존권을 건 파업인 줄도 몰랐다.

외상 후 스트레스 증후군에 대해 잘 안다고 생각했는데 전혀 모르고 있었다. 이 책이 나온 2012년엔 22번째 사망자였지만 6년이 흐른 2018년에는 30번째 사망자가 나온 상태였다. 끝나지 않은 죽음이기에 더욱 무섭다. 2009년, 그들에게 무슨 일이 일어났던 걸까? 읽는 내내 속이 부글거리고 눈물이 떨어져 여러 번 덮었다 펼쳤다를 반복했다.

2009년이면 갓 대학에 입학했을 때이다. 그때 이 책을 알았더라면, 조금만 더 사회 문제에 관심을 가지는 시민이었다면 어땠을까? 신문에 관련 기사가 나올 때도 넘겨봤었다. 내 일이 아니라 생각했다. 이 책을 계기로 비정규직 부당해고와 노동 운동 웹툰인 《송곳》도 읽어 보았다. 나와는 먼 얘기라 생각했던 사회 문제가 가까이에서 느껴졌다. 부모님, 친척, 이웃들의 이야기였다.

중, 고등학교 역사 시간이면 무수히 많은 침략을 받고서도 굳건하게 지켜낸 이 땅에 살아간다는 것이, 한국 전쟁으로 다 쓰러져 가던 나라가 한강의 기적으로 급격한 경제 성장을 이룩한 것이, 대한민국의 국민이란 것이 자랑스러웠다. 비록 독재정치이긴 했지만 베트남 전쟁과 새마을 운동을 거치면서 한국 경제가 성장한 것이 대단하다 여겼다. 사회인이 되어서야 알았다. 학창 시절 내가 받은 교육이 어떤 교육이었는가를.

현실을 살아가지만 현실을 외면하며 살았다. 용산 참사, 쌍용자동차 해고, KTX 해고 승무원, 삼성전자 반도체 백혈병, 세월호 참사, 위안부 문제 등. 나만 잘 살면 된다는 개인주의가 고통받는 이웃의 모습을 보지 못하게 했다.

국가란 무엇인가? 국가는 국민에게 어떤 존재여야 하는가? 화두가 되고 있는 사회 문제에 관심이 갔다. 기사와 책을 통해 사건의 진실을 알고 싶어졌다. 쌍용차가 인도 기업으로 넘어간 것을 아냐고 물으면 대부분 모른다. 한 번은 친구와 통화를 하다가 아침에 쌍용자동차 해고노동자에 대한 책을 읽었더니 마음이 무겁다는 얘기를 했다.

"그러게, 왜 그런 걸 읽어?"

"그냥…."

전화를 끊고서 개운하지가 않았다. 왜 얼버무렸을까. 왜 너도 한 번 읽어보라고 권하지 않았을까.

이제는 책을 읽고 생활에 적용할 점을 하나씩 뽑아낸다. '밑져야 본전이지! 해보자!'하는 마음으로 행동에 옮긴다. 책을 많이 읽는다고 생각하지는 않는다. 다만, 손에서 놓지 않으려고 할 뿐이다.

글쓰기도 마찬가지지만 책은 읽으면 읽을수록 겸손해진다. 모르는 세계가 너무나 많다. 읽고 싶은 책은 또 얼마나 많은지 읽는 속도가 못 따라 갈 때면 답답하다.

독서의 임계점을 넘으면 내게 어떤 일이 벌어질까? 정말 인생이 달라질까?

"나 이번 달엔 9권을 읽었어요!"

남편에게 자랑한 적이 있다. 말하고 나서 바로 후회했다. 책 많이 읽었다고 자랑하는, 은연중에 책을 많이 읽는다고 생각한 내가 부끄러웠다. 권수 채우는 건 누구나 할 수 있지 않은가! 책을 읽고 조금이라도 배우고 달라져야 진정한 독서지 밑줄 긋고

활자만 읽는 독서는 독서가 아니다.

짧게라도 생각을 정리하고 적고 있다. 책을 읽다가도 생각나는 것이 있으면 책에 바로 적고 중요하다 싶은 책은 두 번 이상 읽으려고 한다.

다독이 중요하다 생각하지만 너무 권수에 연연하지 않으려고 한다. '많이'가 아닌 '꾸준히' 책을 음미하며 읽다 보면 언젠가 독서의 임계점도 넘지 않겠는가.

독서의 중요성을 알리고 함께 책을 읽자고 말할 수 있는 독서 전도사가 되고 싶다. 더불어 현실에서의 성공, 처세술, 해법, 위로뿐만 아니라 지금 우리 사회가 떠안고 있는 문제를 직시하는 책들도 적극적으로 권하고 싶다. 나부터가 관심을 가지고 공부하고 사람들에게 알려야 할 것이다. 제대로 된 독서는 이제부터 시작이다.

에너지 버스

"하늘 좀 봐! 오늘 너무 푸르다!"

늘 긍정적이고 밝은 친구가 있다. 함께 있으면 덩달아 기분이 좋아진다. 소개팅을 여러 번 주선했는데 그때마다 친구는 남자에 대한 어떤 것도 묻지 않았다. 그저 "좋아!" 할 뿐이었다. 키, 직업, 나이를 물어보는 다른 친구들과는 달랐다. 간호사로 있는 친구는 직장 스트레스에 대해 열변을 토하다가도 결론적으론 좋게 승화시키는 아이였다. 무엇보다 가장 큰 장점은 호응이다. 다른 사람의 말을 듣고 호응을 크게 해주니 말하는 사람이 더 신나서 말하게 된다. 말하는 것을 좋아하면서 듣는 것도 잘한다. 아침마당 방청객으로 나가도 될 정도다.

친구를 따라 온 몸으로 듣고 반응해 보려고 한 적도 있다. 체력 소모도 금방 될 뿐더러 꾸민 듯 과장돼 보였다. 같은 지역에 살면서도 보기가 힘들지만 한 번씩 놀러 왔다가 가면 금세 허전하다. 친구가 돌아간 집은 유독 조용하게 느껴진다. 새롭게 배우는 것을 좋아해 미술, 수영, 드라이플라워 등 다양하게 경험해본다. 나와는 반대의 성격이라 그 친구를 만나면 보고만 있어도 힘이 난다. 반면 상대방의 근심 걱정을 온통 내가 떠안고 헤어지는 것 같은 찝찝한 만남도 있다. 우울한 기운이 주위까지 물들게 한다. 듣는 것도 힘들고 어서 집에 가고 싶은 생각만 든다. 곁에 있기만 해도 주위를 밝게 만드는 사람, 그런 사람이 되고 싶다.

결혼 전 다니던 병원에서 윗연차 선생님들은 모이면 이런 저런 얘기를 했다. 외모, 연애, 결혼, 시댁, 육아이야기를 했고 신규였던 우리의 남자친구 직업도 궁금해 했다. 연애를 할 때도 결혼을 할 때도 상대방의 조건을 요목조목 따지는 얘기들을 듣고 있기가 불편했다. 이해할 수가 없었다.

결혼이란 게 원래 그런 거라고, 살아보면 제일 중요한 거라고 하는데 공감할 수가 없었다. 그런 우리를 아직 순진해서 뭘 모르는 거라고 웃었다. 대학생 때 읽었던 김미경 강사의《언니의 독설》이란 책이 떠올랐다. 다시 책을 읽어보고 강연도 찾아 봤다. 신데렐라를 꿈꾸는 여자들에게 일침을 가하는 인생 선배님의 따끔한 충고가 담겨있다. 신데렐라 같은 일은 일어날 수 없다고, 꿈에서 그만 깨라고, 그거 '불공정거래'라고!

여태껏 이렇게 속 시원하게 말해주는 이가 없었다. 내가 잘못 생각한 것이 아니었다. 당연한 것을 당연하게 여기지 않게 만들 었던 사회 분위기가 문제였다. '능력 있고 잘 사는 집 남자 만나.' 라고 말하는 사람은 많았다. '남자의 돈이 아니라 가능성과 결혼 해. 남자를 헐값에 사서 금값으로 키워!' 말해주는 이는 비단코 주위에 없었다. 연애도 결혼도 남에게 보이기 위한 결혼이 있을 까? 그런 결혼이 과연 행복할까?

퇴사를 한 뒤 유일하게 남아 있는 동기로부터 병원 이야기를 한 번씩 듣는다. 우리에게 남자의 조건이 중요하다고 연설 하던 선생님이 결혼도 하고 아이도 낳고 직장도 계속 다니지만 행복 해 보이진 않는다고 말한다.

미혼일 땐 연애, 꿈 사랑에 대해 관심이 갔다. 결혼을 하고선 육아와 더불어 엄마의 성장이 최대 관심사가 됐다. 초점이 나와 같은 기혼 여성, 엄마에 맞춰졌다. 멋진 몸매를 유지하는 엄마,

엄마이면서 일하는 여성이 더 멋있어 보였다. 꿈이란 단어는 달콤하고 가슴을 뛰게 만드는 단어다. 내가 진정으로 원하는 일이 무엇인지에 대해 깊이 생각해보게 된 것은 엄마가 되고부터다.

《꿈이 있는 아내는 늙지 않는다》가 다시 떠올랐다. 책과 영화는 자신이 처한 환경에 따라 다르게 와 닿는다. 이 책을 아가씨로 읽었던 때는 '오, 나도 꿈이 있는 아내로 늙겠어! 멋진 말들이 너무 많네!'였다. 정말로 아내가, 엄마가 되고 보니 저자가 처한 상황과 말이 온 몸으로 느껴졌다. 스물아홉 살 때 기업 교육 강사로 시작해 지금까지 16년 동안 강의를 해 오고 있는 김미경 강사. 그녀는 우연히 참석한 강의에서 '사람의 마음을 움직일 수 있는 사람'이 되고 싶다 생각했고 어떻게 해야 할지 연구했다. 국민 강사 자리에 있기 까지 얼마나 많은 노력과 시행착오가 있었을까. 책과 강연을 통해 그녀를 인생 선배이자 꿈 스승님으로 삼았다.

대학생 때 조별과제가 많았다. 케이스를 정해 질병에 대해 공부하고 어떤 간호를 해줄지 발표하는 과제였다. 다들 발표를 기피하기 때문에 발표자는 자료수집 및 정리에서 제외되곤 했다.

대신 발표를 하기 위해선 누구보다 내용을 빠삭하게 알고 있어야 한다. 발표를 피하기 위해 최선을 다했다. 끝 번호라 오빠들과 거의 같은 조가 되었다. 발표는 대부분 오빠들이 돌아가며 했다. 여자들끼리만 조가 된 적이 있다. 서로 누가 발표를 할까 눈치를 보다가 용기를 내어 내가 하기로 했다.

자료 수집, 정리에도 참여하고 발표 내용도 긴장하며 열심히 공부했다. 내용만 공부했지 어떻게 발표를 할 것인가에 대해 전혀 준비가 안 되어 있었다. 나른한 오후. 앞에서 발표하면서 절반 이상이 조는 모습을 보는 것은 비참했다. 같은 조원들만이 수고했다며 토닥여주었다.

남편에게 반한 것에는 이런 내 성격 탓도 있다. 발표는 맡아 놓은 듯이 하면서 할 때마다 교수님과 학생들의 칭찬을 많이 받았다고 한다. 도대체 어떻게 하길래 다들 웃느라 정신없다는 걸까? 그 비결은 자신감과 준비된 애드리브라고 한다.

아무리 발표 내용을 빠삭하게 알고 있다 해도 제대로 전달하지 못하면 아무 소용없다. 발표 내용은 기본, 청중이 집중할 수 있는 방법을 공부했어야 했다. 가장 중요한 자신감도 결여되어 있었다. 천하의 부끄럼쟁이가 발표할 용기는 냈으나 '역시 난 안

내 삶이 누군가에게 위로가 되길

되나 봐.' 하는 소심함만 떠안고 내려왔다.

　여전히 사람들의 이목이 집중되는 것이 부끄럽다. 말하는 것
보다 주로 듣는 편이다. 강연장에 가면 크게 호응하고 박수치고
적극적으로 질문에 대답하는 사람을 보면 멋있다. 어느 강연자
가 소극적인 반응을 좋아할까. 그 날의 강연은 청중이 완성한다
는 말에, 청중이 아닌 참여자로 강연에 함께해달라는 강연자의
말에 나는 여태껏 참여자인 적이 없었구나를 깨달았다. 그런 내
가 많은 사람들 앞에서 강연하는 모습을 상상해봤다. 김미경 강
사처럼 좌중을 압도하는 강연가는 아니더라도 하고자 하는 말
을 조리 있게 잘 전달 할 수 있으면 좋겠다. 그전에 듣고 호응하
는 것부터 강연의 참여자가 되어야한다.
　처음 육아 강연을 들으러 갔을 때는 어중간한 중간에 앉았다.
갈수록 앞줄에 앉게 되더니 이젠 맨 앞줄에 앉으려고 일부러 일
찍 강연장에 도착한다. 맨 앞줄이 강연자와 소통하기 제일 좋은
자리다. 가까이에서 강연자가 내뿜는 열정과 눈빛, 표정, 제스처
하나까지 놓치고 싶지 않았다. 질문하는 것도 심장이 터질 듯 떨
리더니 하고 나면 내 성격의 한 부분을 뚫어 낸 듯한 성취감을

느낀다.

옆 사람이 귀를 바짝 댈 정도로 목소리가 작다. 지금은 목소리를 키우고 정확하게 말하는 연습을 한다. 소극적이고 내성적인 내가 어중간한 중간에서 맨 앞에 앉는다는 것부터가 큰 변화였다. 성격은 쉽게 변하지 않는다. 하지만 변하려고 노력하면 얼마든지 변할 수 있다. 아들 둘 키우면서 내 목소리가 이렇게 커질 수 있는지 몰랐다. 상황과 환경이 얼마든지 나를 변하게 만든다.

강연가는 자신의 삶에서 얻은 교훈과 에너지를 사람들에게 전달한다. 내 삶에 떳떳하고 최선을 다해 살아가다보면 언젠가 사람들 앞에서 내 이야기를 할 날이 오지 않을까 생각한다. 떠올리는 것만으로도 에너지 버스를 탄 것 같이 힘을 주는 사람, 그런 삶을 사는 사람이 되려고 한다.

내 삶이 누군가에게 위로가 되길

따뜻한
사회를 위해

《히말라야 도서관》이란 책을 읽었다. 10년 전 이 책이 세상에 처음 나왔던 날, 고3 수험생을 앞둔 겨울이었고 그때 무엇을 했는지 기억나는 게 없다. 수험생이 되는 새 학기를 앞두고 긴장하고 있었을지 모른다. 간호사가 되어 제3세계에 봉사활동과 구호활동을 하는 꿈을 품고 있을 때이기도 하다.

10년 뒤 이 책을 읽고 지난날을 되돌아봤다. 간호사라는 꿈은 이루었지만 해외봉사의 꿈은 이루지 못했다. 가려면 얼마든지 갈 수 있었을 텐데 학업이 바쁘다는 핑계로, 일에 치여 살고 결혼하고 아이를 키운다는 핑계로 미뤄두기만 했다. 이 책을 읽고 알았다. 나는 실천하지 않은 사람이었다.

저자인 존 우드는 마이크로소프트사의 잘나가는 이사였다. 휴가차 히말라야 트레킹에 나섰다가 우연히 현지의 열악한 학교 시설과 책이 없는 도서관을 보고 제3세계의 교육과 자선사업에 뛰어든다. 마이크로소프트사를 그만둔 후 룸투리드Room to Read의 재단을 설립하고 네팔, 베트남, 스리랑카, 인도 등 책이 필요한 곳에 책을 선물한다. 나아가 학교와 도서관을 짓고 소녀들을 위한 장학금을 지원하고 있다. 막연하게 생각만 했던 나와 달리 저자는 머뭇거리지 않고 곧바로 행동했다.

저자는 어린 시절 집과 5킬로미터 떨어진 곳에 있는 도서관을 오가며 책에 빠져 살았다. 새로운 세상을 만날 수 있는 유일한 탈출구였다. 그런 책이 없는 세상은 상상할 수조차 없었다고 한다. 나와 우리 아이들에게도 책이 없었다면 어땠을까? 생각만으로도 끔찍하다. 마음만 있으면 얼마든지 갈 수 있는 도서관, 어딜 가나 볼 수 있는 게 책이다. 책이 없는 아이들, 책을 읽고 싶어도 읽을 수 없는 아이들. 단지 태어난 나라가 다르다는 이유로 책을 볼 수 없는 환경에서 자란다는 게 안타까웠다.

물건에 대한 애착과 소유욕이 강한 편이다. 검소한 삶과 무소유를 지향하면서도 사고 싶은 게 생기면 꼭 사야했다. 책, 휴대

폰, 카메라, 노트북.. 원하던 그것을 꼭 사야만 내 물건이라는 애착이 생긴다. 대체할 만한 다른 것을 사면 금세 후회를 하고 애착도 생기지 않는다.

잘 챙기는 만큼 잃어버리는 경우도 잘 없다. 아이들이 잠들면 인터넷 쇼핑에 빠지기도 했다. 기저귀, 물티슈, 분유를 사려고 하면 종류만 해도 수십 가지였다. 사려던 것을 다 골라도 어느새 옷이나 신발, 가방 같은 없어도 될 물건들을 보고 있었다.

한 개 사도 될 걸 2+1이면 괜히 하나 더 사게 되고 배송비가 붙으면 그게 아까워 다른 물건을 끼워놓곤 했다. 싼 옷은 태가 안날 뿐더러 몇 번 입고 나면 외출복으로 입기 힘들었다. 차라리 그 돈을 모아 값을 지불하더라도 정말 사고 싶은 옷, 필요한 옷 한 벌을 사는 게 나았다.

있으면 편할 거란 생각, 있으면 언젠간 쓰겠지 하는 생각으로 산 물건은 모두 없어도 될 것들이다. 없어도 살아가는데 아무 지장이 없다. 집을 비우면서 후회를 수도 없이 했다.

'내가 이걸 뭐 하러 샀을까. 쓰레기를 돈 주고 샀네.'

쇼핑 어플을 지우니 눈에 보이지 않아 자연스레 소비욕구도 줄었다. 나를 위한 소비 치고는 행복감이 오래 가는 경우가 거의 없다. 구매 직전까지가 제일 좋지 막상 내 손에 들어오면 허무했다. 고작 이것 하나 때문에 안달이 났었나 싶다.

따뜻한 세상을 위해 작은 힘을 보태는 실천을 하기로 했다. 처음 후원을 시작할 때 10년간 꾸준하게 할 수 있을까 걱정했다. 월 3만원은 작다면 작고 크다면 클 수 있는 돈이다. 불필요한 물건만 사지 않는다면, 외식 한 번 안한다면 충분히 낼 수 있는 돈이라 생각하니 더 망설일 필요가 없었다.

이 돈으로 후원 아동이 신체적, 교육적, 영적, 문화적, 정서적으로 지원을 받고 지역개발활동에도 쓰인다고 한다. 물건 사는 것과는 다른 행복감을 선사해주었다. 직접 가서 봉사활동을 하는 것은 아니지만 내 돈이 좋은 곳에 쓰인다 생각하니 뿌듯했다. 돈은 이렇게 쓰는구나! 기부를 통해 알게 됐다.

첫 아이가 태어나던 해에 10년 저축을 시작했다. 통장 앞에 '가족유럽여행'이라고 적어 놨다. 지금은 생각이 바뀌어서 유럽여행도 좋지만 온 가족이 함께 제3세계를 돌며 봉사활동의 시간을 갖는 것도 좋겠다고 생각한다. 10년 뒤까지는 아니더라도 따로 여행 경비를 모아 떠날 생각이다.

후원하는 아이를 만나러 가는 것도 꼭 이루고 싶은 일 중 하나다. 1년에 한 번 성장한 모습과 편지를 받는데도 설렌다. 직접 만나면 기분이 어떨까! 헤어진 자식을 10년 만에 만났는데 잘 자란 모습에 뿌듯한 부모 마음일까?

국민엄마 김혜자와 고유명사가 된 오드리 헵번의 공통점이 있다. 아름다운 외모만큼이나 내면도 아름답다는 것이다. 유니세프 대사로 인권운동과 자선활동을 펼친 오드리 헵번, 현 월드비전 친선대사로 활동하고 있는 배우 김혜자. 아름다움은 나이와 상관없다. 오히려 외면보다 내면에서 뿜어 나오는 아름다움이 훨씬 그 사람을 빛나게 한다. 어릴 적 영화 〈로마의 휴일〉을 보는데 오드리 헵번이 상상 속 공주님처럼 너무 예뻤다. 나이든 모습은 어떨까 궁금해서 찾아보다가 유니세프 대사로 활동할 때의 모습을 봤다. 젊은 시절의 명성만큼 화려하게 살고 있을 거라고 상상했는데 전혀 반대의 모습을 보고 놀랐다.

중학생 때 김혜자의 《꽃으로도 때리지 말라》라는 책을 읽었다. 민간구호단체인 월드비전에서 10년간 친선대사로 활동하면서 보고 느낀 것을 책으로 낸 것이다. 당시 한비야와 함께 구호 활동에 관심을 가지게 해준 분이었다. 고운 마음씨를 가졌기에 얼굴도 고운 건지 두 사람을 보면서 '나도 저렇게 내면이 아름다운 사람으로 나이 들고 싶다'고 생각했다.

연예계에서도 기부와 나눔, 봉사를 생활화 하는 부부가 많다. 대표적으로 션-정혜영 부부, 차인표-신애라 부부, 최수종-하희라 부부가 있다. 이렇게 세계 각지를 다니며 어려운 상황에 처한 사람들을 위해 봉사하고 기부활동을 하는 사람들을 보면 표정이 밝다. 기쁨에 차 있다. 그리고 본인이 더 큰 행복을 느낀다고 말한다.

봉사와 나눔을 통해 '진정한 나'를 찾았다는 배우 김혜자와 인생의 '진정한 길'을 발견했다는 존 우드. 그것이 무엇인지 아직 모른다. 기부는 소극적인 나눔의 행위 중 하나였을 뿐이다.

사회, 정치, 경제에 관심이 없었다. 무슨 말인지도 모르겠고 남 일처럼 나와는 상관없는 이야기들이라 여겼다. 엄마가 되면서 정치를 비롯하여 여러 가지 사회 문제에 관심을 가지게 되었다. 내 아이가 살아갈 세상이 조금 더 따뜻하고 행복한 사회가 되었으면 한다. 그러기 위해선 사회 구성원의 하나인 내가 행동해야만 한다. 나 하나쯤이야 하는 생각은 아무 도움이 되지 않는다.

인지도가 있는 연예인이 사회 공헌에 앞장서고 선행을 베푸는 모습은 모범이 되어 여러 사람에게 영향을 미치기도 한다. 평범한 시민인 나도 선한 영향력을 끼치는 사람이 되고 싶다. 엄마는 예전부터 여유가 되면 아이 한 명을 후원하고 싶다고 말했다. 생활이 빠듯한 상황에서도 새로이 한 명을 더 후원하는 날 보며 기부에 대해 다시 생각하게 됐다고 한다. 엄마에게 행복한 부메랑에 대한 이야기를 했다. 지금은 빠듯하게 생활하지만 수입이 끊겨도 계속 생활 할 수 있게끔 돈이 생기는 것이 작은 후원 덕분인 것 같다고 말했다. 내 말에 고개를 끄덕이던 엄마가 어떻게 하면 후원을 할 수 있는 거냐고 물어보았다.

종종 좋은 글을 쓰려면 그에 어울리는 내면을 가져야 하고 그런 내면을 가지려면 그에 맞게 살아야 한다는 유시민 작가의 말을 떠올린다. 기부도 온 가족이 함께, 봉사활동도 온 가족이 함께, 좋은 건 함께하며 내면을 아름답게 가꾸며 살아가고 싶다. 세상의 따뜻함을 1도 올리는데 기여하는 삶을 살다 가고 싶다.

3장

읽고 쓰는 삶

책은 나에게
어떤 의미인가

초등학교 3학년 때 각 반마다 독서왕을 뽑는데 추천할 친구 있냐고 담임선생님이 물었다. 책 읽는 모습을 볼 때마다 또 책 보느냐며 놀리던 짝지가 말을 걸었다.

"넌 몇 권이나 읽어?"

"몰라? 집에 5권씩 책이 배달 오긴 하는데 잘 모르겠어."

"우와 진짜? 5권?"

"5권 다 읽지는 않아. 5권이 매주 배달 오는 거지."

"그게 그거지. 선생님! 현진이는 일주일에 5권씩 책 읽는대요."

내성적인 나는 이목이 집중되는 게 부끄러웠다. 소곤소곤 아니라며 짝지를 말려 보았지만 목소리가 컸던 친구 덕분에 얼떨결에 반 독서왕이 되었다.

초등학생일 때는 버스를 타고 도서관에 가야 했다. 언젠가부터 집으로 매주 새로운 책이 5권씩 배달되어 왔다. 엄마가 신청한 도서배달서비스였다. 새로운 책이 오면 남동생과 함께 책가방을 풀어보았다. 어떤 책이 들어 있을지 궁금했고, 책을 보는게 재밌었다. 초등학생이 읽을 만한 추천 도서 위주였다. 다 읽든 못 읽든 늘 우리 집엔 책이 있었다.

중학교 1학년 담임선생님은 독서의 중요성을 강조하고 늘 손에 책을 들고 다니며 읽던 영어 선생님이었다. 여름 방학 종업식날 다른 건 몰라도 도서관에서 《토지》 1부만 다 읽고 와도 방학 동안 엄청난 일을 한 거라고 얘기하셨다. 《토지》를 읽어 보지 않았지만 책 제목만 들어도 중1 담임선생님이 떠오른다.

한참 감수성이 풍부해지던 중학생 무렵, 《나의 라임오렌지나무》는 평평 울며 읽었다. 친구가 빌려준 연애 소설을 새벽까지 잠 못 이루며 읽기도 했다. 중학생 때는 세계명화의 재미에 눈을 뜨기 시작했다. 엄마가 책 판매를 하는 친구에게서 세계명화전집을 구매해 들여준 덕분이다. 이해하기 어렵기도 했지만 감정 묘사가 잘 된 문체들은 읽으면 읽을수록 책에 빠져들게 만들었다.

중학교를 졸업하고는 시간이 많았다. 도서관에서 책을 잔뜩 빌려다 읽던 겨울이었다. 따뜻한 이불 속에서 현진건의 《무영탑》을 읽는데 600쪽에 가까운 두꺼운 책이었다. 금방 다 읽어버릴까봐 아쉬워하면서도 손에서 놓지를 못했다. '아사달과 아사녀가 만나야 하는데 못 만나면 어떡하지' 조마조마하며 읽다가 슬픈 결말에 이불 속에서 울어버렸다.

고등학생 때는 걸어서 도서관을 갈 수 있는 곳으로 이사를 갔다. 남동생과 부지런히 도서관에 다녔다.

주말이면 TV 대하사극을 챙겨보았다. 〈불멸의 이순신〉을 보면서 소설을 바탕으로 만들었단 이야기에 책을 찾아보았다. 위대한 업적만 알던 것과 달리 책을 읽으며 인간적인 모습을 많이 볼 수 있었다. 이순신 장군을 존경하며 그 분의 성품과 리더십을 배우고 싶었다.

드라마와 소설로 한참 이순신 장군에 빠져 있던 때, 충치 치료를 위해서 남동생과 한동안 치과에 다녔다. 위이잉 소리와 뾰족한 기구, 특유의 치과 냄새가 싫었다. 가장 싫었던 것은 치료할 때의 시린 아픔이다. 치과 침대 위에서 꼼짝 없이 입을 벌리고 누워 있는 그 순간 이순신 장군을 떠올렸다. '그래! 이순신 장군님은 모진 고문도 당했었는데 이 따위 고통은 아무것도 아니야!' 하며 두 손을 꽉 쥐며 아픔을 견뎠다. 동생은 비웃었지만 치과 치료 내내 머릿속엔 이순신 장군으로 가득했다.

고등학생 땐 여성을 주인공으로 다뤘던 책이나 여성 작가의 책을 많이 읽었다. 제인 오스틴, 샬럿 브론테의 책에 푹 빠져 아름다운 사랑을 동경했다. 여자라면 얌전하고 조신해야 한다는 고정관념이 나도 모르게 뿌리 깊게 자리하고 있었다. 한비야, 힐러리 클린턴, 오프라 윈프리의 책을 읽으며 여성의 삶에 대한 편견을 많이 깨트리기도 했다.

공부에 관심이 많던 중고등학생 때는 공부 비법 책도 많이 읽었다. 공부는 잘하고 싶은데 잘하지 못하던 중위권 학생이었다. 꼴등에서 일등이 되거나, 가난한 환경에서도 노력하여 일류 대학에 들어간 드라마틱한 성공 스토리를 읽으며 나도 할 수 있다는 다짐을 했다.

책은 새로운 세계로 나아가는 문이었다. 책을 통해 어렴풋이 사랑은 어떤 건지 짐작해보기도 하고 주인공의 입장이 되어 울고 웃고 설레고 두근거리던 순간들이 소중한 추억으로 남아있

다. 내 이야기인 마냥 몰입해서 읽다보면 책에서 빠져 나오기가
힘들기도 했다. 글을 따라 머릿속에 그림을 그리고 마음대로 상
상하며 신나게 모험을 떠났다. 조금만 감정이 이입되어도 눈물
이 난다. 예민한 감수성도 이 때 만들어진 게 아닐까.

"오늘의 나를 있게 한 것은 우리 마을 도서관이었고, 하버드
졸업장보다 소중한 것이 독서하는 습관이다."

빌 게이츠

책을 엄청나게 많이 읽는 아이는 아니었다. 책을 좋아하는 어
른으로 자란 데는 엄마의 숨은 노력이 크다. 책 배달 서비스를
신청했던 것, 도서관 근처로 이사를 간 것은 책을 가까이 하게
된 큰 원인이다. 그림책과 동화에 대한 추억이 거의 없다. 그림
책이 주는 즐거움을 알아야 할 나이에 만화영화와 드라마에 빠
졌었다. 그럼에도 독서의 즐거움을 알고 꾸준히 읽어 온 것은 책
이 늘 옆에 있었기 때문이다. 도서관 옆에 살지 못한다면 집을
도서관으로 만들자고 생각한 것은 책과 함께했던 어릴 적 기억
때문이다. 손닿는 곳 어디든 책이 있으면 책에 대한 관심은 놓지

않을 거라 생각한다. 독서하는 습관을 길러 주려면 책이 옆에 있어야 한다. 아이가 눈치 채지 못하도록 노는 곳, 자는 곳, 차 안, 가방 속에 항상 책을 두고 있다.

"책을 읽는다는 것은 많은 경우에 자신의 미래를 만드는 것과 같은 뜻이다."

에머슨

책을 통해 다양한 삶에 대해 알게 되고 꿈을 꾸고 미래를 설계했다. 어떤 사람이 되는지는 어떤 책을 읽느냐에 따라 달라지기도 한다. 한비야의 책을 읽으며 함께 오지 여행을 하고 해외봉사활동에 대해서도 처음 생각해보게 됐다. 씩씩하게 자기 인생을 개척해 나가는 책 속의 인물들을 보며 편안한 삶에 길들여진 나를 되돌아보기도 했다.

《여자라면 힐러리처럼》은 도도새 이야기로 시작한다. 도도새는 인도양의 모리셔스Mauritius 섬에 서식했던 새이다. 섬에는 포유류가 없었고 위협할 만한 맹수가 없었다. 그래서 새들에게 가장 튼튼한 생존수단인 날개를 포기하며 살아간다. 그러다 섬에 인간이 오고 가게 된다. 인간을 두려워하지 않던 도도새는 인간에 의해 멸종하게 된다. 나약한 도도새 같았던 힐러리가 어떻게 독수리로 변하게 되는지를 담은 책이었다.

수능을 준비하던 고3때 친구가 빌려준 이 책을 읽고 충격을 받았다. 내가 도도새 같았기 때문이다. 주체적으로 내 인생을 만들어 가고 싶다고 생각했다. 모두가 반대하는 간호학과를 오직 내가 하고 싶은 일이라는 가슴 속 말만 믿고 결정하게 된 것도 이 책의 영향이 컸다. 미래를 꿈꾸고 설계해 나가는데 책만큼 좋은 조언자가 또 있을까.

방황하던 사춘기 때도 나처럼 사춘기를 겪었던 사람의 이야기를 읽으며 공감하고 위로 받았다. 나만 이런 것이 아니라는 것, 지극히 정상적인 성장과정이란 것을 책 속의 친구와 교감하며 알아갔다. 나보다 항상 지혜롭고 현명했던 친구는 언제나 내 이야기를 묵묵히 들어주고 스스로 답을 구할 때까지 기다려주었다. 살아가다 막막하면 찾게 되는 친구, 언제나 그 자리에 있는 아낌없이 주는 나무 같다.

책은 나에게 유년 시절의 기억을 따뜻하게 만들어주는 추억의 한 조각이다. 잠 못 이루며 한 장 한 장 넘겨가며 읽던 책, 가슴 두근거리며 읽던 책, 펑펑 눈물 쏟으며 읽던 책들이 모여 지금의 내가 되었다. 책은 어떤 사람이 되고 싶은지, 어떻게 살아가고 싶은지 고민하게 하고 꿈을 찾아가게 도와주는 지도이다. 그리고 오래도록 함께하고 싶은 영원한 친구이다.

책을 통한
성장과 위로

"뛰어 뛰어!! 아직 1분 남았어!!"

"아우 힘들어!! 그냥 지각비 내고 걸어가면 안 돼?"

점심시간은 한 시간인데 멀리 갔다 오느라 시간이 걸렸다. 대학가라고 믿기 어려울 정도로 학교 주변엔 식당이 별로 없었다. 점심시간에 학생들이 몰리면서 조금 멀리 걸어가서 먹을 때도 많았다. 아슬아슬하게 도착해 가까스로 지각비 내는 것을 면했다.

고등학교가 아닌 대학에서 있었던 일이다. 국가고시를 준비하던 간호과 3학년은 고3 생활과 다름없었다. 방학도 없이 하루 종일 학교 교실에서 자습을 했다. 밤 9시까지 강제적인 야간 자율학습이 이어졌다. 시험 대형으로 한 줄로 앉아 공부했다. 좁은 교실에 학생 수는 많아 한 사람이 겨우 지나다닐 수 있는 틈만 있었다. 시험이 얼마 남지 않았을 땐 국가고시를 대비해 모의고사를 자주 봤다. 시험 점수는 전부 공개되었고 과락된 과목에는 빨간 형광펜이 칠해져 게시판에 붙었다. 그게 부끄러워서라도 더 공부를 해야 했다.

모의고사를 보던 날이었다. 다음 과목 시작 전에 앞에 앉은 친구가 돌아 앉아 작은 목소리로 말을 걸었다. 몇 마디 주고받고 있는데 옆에 앉은 언니의 날카로운 목소리가 날아왔다.

"야! 시끄럽잖아!"

"크게 얘기 안 했어요! 잠깐 얘기도 못해요?"

앞에 앉은 친구와 친구 바로 옆자리 앉은 언니는 울그락불그락했다. 냉랭한 분위기 속에서 시험이 시작되었다. 모의고사라 따로 감독관은 없었지만 다들 양심적으로 열심히 시험을 봤다. 마지막 시험이 끝나자 다시 날카로운 목소리가 교실에 울렸다.

"야! 넌 왜 그렇게 다리를 떠냐? 시험 칠 때 신경 쓰이잖아!"

"언니 진짜 왜 그래요? 그렇게 신경 쓰이면 그냥 다리 떨지 말라고 얘기하면 되잖아요! 기분 나쁘게 꼭 그렇게 말해야겠어요?"

공부도 상위권이고 우리들과도 웃고 얘기하며 곧잘 어울렸던 언니였다. 국가고시를 앞두고 예민해지면서 졸업 날까지 앞자리 친구와는 말 한마디 안했다. 결국 나도 데면데면하다 졸업을 했다.

인원이 적은 4년제 간호대학에 비해 우리 학교는 한 학년에 200명이 넘었다. 학생 수가 많은데도 국가고시 합격률이 100%에 가깝다. 이 이야기를 들으면 주위 사람들은 "그럼 붙겠네. 합격이네." 말하곤 했다. 혹시 내가 떨어지는 그 2%에 들지는 모를 일이었다. 시험을 치고 합격 통보를 받기 전까지 하루하루 가슴 졸이며 지냈다. 올해 떨어지면 합격 해놓은 병원에서 일할 수 없고 내년에 다시 시험을 쳐야 한다. 무엇보다 누가 떨어졌더라 하는 소문이 쫙 퍼졌다. 나중에 안 사실이지만 우리가 졸업한 그 해 합격률이 99.7%이었다고 한다.

점심, 저녁시간 지각비 걷는 것과 자습 빠지면 걷는 벌금은 말이 많았다. 돈을 걷는 게 참석률도 높이고 분위기 조성에도 좋다는 의견으로 모아져 시험 전까지 벌금 걷기는 계속 되었다. 자습시간엔 다른 친구에게 방해 될까 봐 화장실 가는 것도 조심스러웠다.

쉬는 시간이면 학교 도서관으로 갔다. 자유롭지 못한 상황 속에서 도서관은 유일한 피난처였고 책은 숨 쉴 구멍이 되어 주었다. 일상을 담은 에세이나 수필을 주로 읽었다. 그때 처음으로 알게 된 이해인 수녀님의 시와 글은 아주 큰 힘이 되었다. 수녀님의 글을 시작으로 신부님의 책으로 옮겨 갔다. 가톨릭에 관심을 가지게 된 것도 그때였다.

고 이태석 신부님의 《친구가 되어주실래요?》를 읽다가 눈물이 나는 걸 누가 볼세라 얼른 닦았다. 집에서 다큐멘터리 영화 〈울지마 톤즈〉를 보며 90분 내내 우는 바람에 퉁퉁 부은 눈으로 학교에 갔다. 스스로를 바보라 칭한 고 김수환 추기경님의 책을 읽은 후 부터는 '바보'라는 말이 친근하고 포근하게 다가왔다.

고 김수환 추기경님과 고 이태석 신부님을 알게 되었을 때는 이미 세상을 떠난 후였다. 공부에 지쳤던 건지 이유 없이 우울하고 마음이 힘들었던 날이 많았다. 그럴 때마다 책으로만 만난 고 이태석 신부님이 너무나 보고 싶었다. 사회에 큰 기둥 같은 분이 돌아가신다는 게 어떤 의미인지 처음 느껴보는 허전함이었다.

공부하다가 집중이 안 되고 답답할 때면 가방 속에서 책을 꺼

내 읽었다. 어느새 책에 빠져 들게 되었다. 교수님이 들어온 줄도 모르고 읽다가 책을 압수당한 적도 있다. 자습 시간에 책 읽다가 압수당한 건 고등학생 때도 겪어보지 못한 일이었다.

그 날도 자습시간이었다. 행정실에서 찾았다. 도서관 대여율이 높은 학생에게 상을 주는데 거기에 내 이름이 들어있었다. 얼떨떨했다. 도서관을 찾아 자주 책을 빌려 읽었을 뿐인데 상까지 받게 되다니! 시상식에 참석하려면 자습을 빠져야 하니 담당 교수님의 허가가 있어야 했다.

"허 참, 공부해야 할 3학년이 이런 상 받아도 되나. 이런 경우는 또 처음이네. 그래, 갔다 와."

다양한 학과와 학년이 있었지만 간호과 중 3학년은 나 혼자뿐이었다. 시상식이 끝나고 도서관장님의 짧은 축하 인사가 있었다.

"국시가 얼마 안 남았죠? 책 읽는 사람들 중에 국시 떨어지는 사람 못 봤으니 여러분 모두 합격할 거예요."

그 말이 얼마나 힘이 되었는지 모른다. 자고 일어나면 줄어있는 시험 디데이에 하루하루가 긴장되었다. 도서관장님이 시어머니의 오랜 친구였단 사실은 결혼하고서야 알았다. 어머님 가게에서 한 번씩 뵐 때마다 시상식에서의 말이 떠오른다. 나를 기억

하지는 못하지만 내가 받았던 말 한마디의 힘은 오랫동안 잊혀지지 않을 것이다.

공부가 안 되어 꺼내든 책이었는데 읽다 보면 다시 공부하고 싶은 마음이 생기고 마음가짐도 재정비하게 되었다. 무엇보다 일상을 소재로 한 이해인 수녀님의 글이 큰 힘이 되었다. 감사한 마음을 가지고 내가 처한 상황을 보게 하는 힘을 길러 주었다.

갑갑하고 자유롭지 못한 환경이 감옥 같다는 생각을 바꿨다. 간호사란 꿈으로 한 발짝 나아가기 위한 길 위에 서 있었다. 그 과정을 학교가 도와준다고 생각했다. 학교는 더우면 시원하게, 추우면 따뜻하게 만들어 쾌적한 공부 장소를 제공해준다. 교수님과 우리가 정한 규칙은 시험에 떨어지지 않도록 온 신경을 써주는 거라 생각하니 모든 게 감사했다. 공부하는 친구들의 모습을 한 번 더 들여다보게 됐다. 지금 이 순간 함께하는 인연이 다 소중했다. 수능을 준비하던 고3 때보다 더 열심히 했다.

책을 통해 얻은 평온한 마음으로 높아진 배움의 욕구를 채워나갔다. 책이 아니었으면 답답한 마음을 어떻게 다스렸을까. 뾰족뾰족 가시가 돋친 고슴도치처럼 한껏 예민해졌을지도 모른다.

취업 준비 과정에서도 책의 도움을 많이 받았다. 졸업을 하기 전에 대부분 취업을 한 상태에서 국가고시를 친다. 자기소개서 쓰기와 면접 준비를 모두 책으로 했다. 학교의 취업관련 도서 칸에 있는 책을 모두 읽었다. 신간이 들어오면 들어오는 대로 빌려 읽었다. 그렇게 읽다보니 어떻게 써야 할지 감이 잡혔고 면접 준비도 꼼꼼히 해 나갈 수 있었다.

'이 병원에 다니게 해주세요! 꼭 붙게 해주세요!'

간절히 바랐던 병원에서 신규간호사로 일하던 때에는 힐링 관련 도서를 많이 찾았다. 일을 배워가는 과정에서 오는 스트레스도 컸지만 인간관계에 대한 스트레스가 어마어마했다. 다시 책을 찾아 읽었고 사람의 심리에 대해 이해하기 시작했다.

환자의 아픔을 이해하고 보듬을 수 있는 간호사가 되고 싶었다. 그러기 위해선 실력 있는 간호사가 되어야 했다. 관련 부서 책을 찾아가며 공부하고 틈틈이 상처 받은 내 마음도 책으로 돌보았다.

책은 '나 힘들어, 어떻게 해야 할지 모르겠어.' 절규할 때마다 따뜻한 위로를 건네주었다. 도움이 필요할 땐 부담 없이 찾을 수 있는 상담가가 되었다. 스스로 해답을 구할 때까지 기다려주는 인내심 있는 교사가 되기도 했다. 막막하고 답답할 때면 책 속에서 답을 찾았기에 책 속에 답이 있다고 믿는다. 지금도 여전히 책을 통해 배우고 성장해가는 삶을 살아가고 있다. 언제든지 기댈 수 있는 영혼의 안식처가 늘 곁에 있다는 생각만으로도 든든해진다.

어떻게
읽는가

아이들 점심을 챙겨주고 설거지를 하는데 텔레비전 켜달라고 아우성이다. 우리 집 텔레비전은 케이블선이 연결되어 있지 않다. DVD용으로 사용한다. 그마저도 아이들이 놀다가 액정을 깨트렸다. 지금은 TV 대신 컴퓨터로 점심 먹고 한 시간, 저녁 먹고 한 시간 틀어주고 있다.

놀고 있으라고 한 뒤 얼른 설거지를 마무리한다. 밥 먹고 바로 틀어줘도 되는데 굳이 설거지를 하고 틀어주는 이유는 내 시간 확보를 위해서다. DVD를 보는 동안은 방해 받지 않고 책을 읽을 수 있다. 이런 황금 같은 시간을 설거지하고 집 청소하는데 쓰기가 아깝다.

싱크대에 그릇 쌓아놓는 건 못 보는 성격이라 최소한의 집안

일로 설거지를 한다. 난장판이 된 거실이 바로 눈앞에 보이고 발에는 과자 부스러기들이 밟힌다. '나중에 아이들 놀 때 같이 하지 뭐.' 잠깐만 모른 척하기로 한다.

커피 한 잔 타서 방해받지 않고 책 읽는 시간이 하루 중 가장 좋다. 책과 커피, 내가 좋아하는 두 가지가 있는데 뭘 더 바랄까. 이 순간이 최고다.

집안일과 책을 두고 고민한 적도 많다. 집은 엉망으로 해놓고 책을 읽는 게 옳은 걸까? 주부로서의 직무유기 아닐까? 집 청소를 하고 책을 읽으면 그만큼 시간이 줄어든다. 3시간에 걸쳐 한 청소를 아이들이 3분 만에 어지르는 걸 보면 허무하다. 밑 빠진 독에 물 붓는 심정이다. 둘 다 가질 수 없다면 과감히 하나를 버리기로 했다. 청소를 2순위로 미루자 순식간에 집이 엉망이 된다.

아이들이 아기였을 땐 낮잠 자는 시간이 청소 시간이었다. 조금 쉬려 하면 아이들이 일어난다. 몸은 몸대로 피곤하고 쉬지 못했단 생각에 억울했다. '내 몸과 마음도 충전할 시간이 있어야 할 거 아니야!' 하는 생각이 들자 과감히 청소를 포기했다.

어머님은 오실 때마다 엉망인 집을 보고도 "아이 키우는 집이 다 그렇지." 하며 이해해 주셨다. 어질러진 집을 남편이 신경 쓰는 것도 아니었다. 깔끔한 성격이던 나만 내려놓으면 될 문제였다. 처음엔 그 내려놓기가 잘 안되었다. 어질러진 집을 보면 내 마음도 어질러진 것 같아 불편했다. 갑작스레 방문하는 손님이 우리 집 흉보면 어떡하지 신경 쓰이기도 했다. 이것만 치워 볼까 하다가 다른 것도 치우게 되고 시간은 어느새 훌쩍 흘러가 있었다.

아이들이 놀 때 같이 치우면 시간도 아낄 수 있고 정리 하는 것도 알려줄 수 있다. 엄마를 잘 도와주는 첫째는 책을 꽂고 장난감을 주워 담는다. 심부름도 곧잘 한다. 고사리 같은 아이 손이 큰 도움이 된다. 매번 잘 도와주는 것은 아니다. 엄마랑 같이 청소하자 아무리 외쳐대도 노느라 바쁠 때가 많다. 그러면 아무도 엄마 안 도와준다며 툴툴 대기도 한다. 깔끔하고 정리 잘 되어 있는 집을 내려놓자 하루가 달라졌다. 청소하느라 다 보냈던 시간, 숨어 있던 시간을 찾아내 책을 읽었다. 텅 빈 것 같던 마음이 채워지기 시작했다. 이번엔 어떤 책으로 내 마음을 채워 볼까 고민하는 시간이 행복하다.

내 삶이 누군가에게 위로가 되길

둘째 아이가 분유를 먹을 때 까지만 해도 외출 가방은 항상 백팩이었다. 분유, 기저귀, 물티슈, 손수건, 아이 간식, 아이 책을 넣어 다니려면 큰 가방이 필수였다. 아이들이 조금 자라니 혼자서 외출할 일이 가끔씩 생겼다. 친구들을 만나거나 강연 들으러 갈 때, 수업 들으러 갈 때면 백팩을 매지 않아도 되었다. 장롱을 열어보니 죄다 크거나 백팩뿐이어서 가방을 하나 사기로 했다. 가방 크기의 기준은 책이 들어갈 수 있는가 하는 것이었다.

외출할 때 폰은 빠뜨려도 책은 꼭 챙긴다. 놀이터를 가거나 장 보러 갈 때 아이들과 산책 갈 때도 챙겨 나간다. 못 보더라도 일단 챙겨 나간다.

혼자 장거리를 갈 때면 버스를 기다리고 타는 시간이 기다려진다. 식당에서도 음식이 나오기 전까지 두 세 장 읽을 수 있는 시간이 된다. 남편과 차로 이동할 때면 아이들과 먼저 챙겨서 차에가 있는다. 제일 마지막으로 챙기는 남편을 기다리고 있으면 아이들이 어서 나가자고 난리다. 출발 직전까지 기다리는 시간에도 가만히 앉아 있기보다는 단 몇 줄이라도 읽으려고 책을 펼친다.

둘째가 세 살이 되면서 호기심이 왕성해지고 부쩍 장난꾸러기가 되었다. 매트 위에 우유를 뿌리곤 손으로 참방참방 장난을 친다. 오늘 하루 동안 닦은 우유가 몇 번째인지 모르겠다. 머리로는 '호기심 때문에 그렇지, 아이니까 당연해' 하면서도 소리치고 만다.

"윤우야!! 왜 그래! 어?! 엄마 놀리는 거야?! 이게 몇 번째야!"

아까운 우유를 닦고 있자니 짜증이 밀려왔다. 한숨을 쉬고 앉아 있는데 첫째 아이가 책을 가져다준다.

"응? 엄마 책 읽으라고?"

"응! 엄마 책 좋아하잖아. 기분 좋아졌어?"

"고마워. 엄마 기분 좋아졌어. 엄마는 책이 좋아."

"나도. 나도 책이 너무 좋아!"

책을 주며 기분 좋아졌냐고 묻는 아이를 보니 그만 웃음이 나왔다. 눈치가 생긴 건지 엄마 표정이 안 좋을 때면 책을 가져다준다. 그럴 땐 고마우면서도 미안하다.

아이에게 나는 어떤 모습으로 비춰질까? 아이 기억 속에 폰을 들여다보기보단 늘 책 읽는 엄마의 모습으로 남아 있으면 좋겠다.

아이 키우면서 책 읽을 시간이 있냐고 주변 사람들이 물어보기도 한다. 스마트폰 보는 시간과 텔레비전 보는 시간을 줄이면 하루에 책 한 권도 읽을 수 있다.

어린 아이를 돌보느라 마음 편하게 외출하기 힘들던 집순이 시절, 자유롭게 여행도 가고 직장에서 경력도 쌓아가는 친구들이 부러워 운 적도 많다. 카톡과 SNS 계정을 탈퇴하고 텔레비전을 없애자 속 시끄럽던 세상이 조용해졌다. 외부환경을 차단시키니 내 아이만, 내 가족만, 나 자신만 바라볼 수 있는 여유가 생겼다.

거실에 앉아 있으면 보이는 것이 책뿐이다. 자연스레 아이도 나도 책을 읽게 되었다. 책이 안 읽히는 날에는 미련 없이 책을 덮어두고 보고 싶은 영화나 드라마, 다큐멘터리를 다운 받아본다.

반대로 보고 싶은 영화가 있어 다운 받아뒀는데 그걸 보는 시간이 아까울 정도로 책 읽기가 재밌는 날도 있다. 조금만 보고 자야지 하다가 신문 던지는 소리에 화들짝 놀라고 청소차 오는 소리에 또 놀라고 날이 밝아오는 걸 보면서 아차 한다. 한 시간이라도 자야 아이를 볼 수 있단 생각에 얼른 자리에 눕는다.

책과 가까이 지닐 수 있게 하려고 곳곳에 아이 책들을 두었다. 어딜 가든 책이 있으니 놀다가도 주저앉아 책을 넘겨보곤 한다. 내 책도 마찬가지다. 손 뻗으면 어디든 닿는 곳에 두면 한 번이라도 더 펼쳐보게 된다. 결혼을 하고 육아서를 읽으면서 책 읽는 스타일도 많이 달라졌다. 책을 접지도 않고 깨끗하게 보는 편이었다. 산 책은 깨끗하게 보고 깨끗하게 다시 꽂아 놨었다.

아이를 낳고 육아서를 읽는데 가슴 깊숙이 파고드는 글귀와 내용들을 그냥 넘어 갈 수가 없었다. 밑줄 긋고 형광펜 칠하고 통째로 가슴에 새기고 싶은 장은 접어 두고 자주 펼쳐 보았다. 그러다보니 책을 살 수밖에 없었다. 오히려 도서관 책이 내 책 같지 않게 느껴져 잘 읽히지 않는다. 세상에 읽고 싶은 책들이 얼마나 많은지 이 책 읽다 보면 저 책이 궁금해진다. 한 권을 다 읽고 다음 책을 읽어야 한다는 강박관념이 있었는데 지금은 그렇지 않다. 여러 권을 같이 읽는다.

외출할 때마다 들고 가는 책이 다르다. 방해 받지 않고 책을 볼 수 있는 장소라면 생각거리를 던져주는 책을, 그렇지 않다면 조금 가벼운 책을 챙긴다. 책 읽는 속도가 책 사는 양을 못 따라

가지만 괜찮다. 언젠가는 읽게 되어 있다. 읽고 싶어서 구매했던 책인데 지금은 와 닿지 않을 때도 있다. 시간이 지나서 그 책이 생각나 읽으면 '이 책을 왜 이제야 읽었지!' 싶을 때도 많다. 책장에 다 읽은 책만 꽂혀 있으면 무슨 재미가 있겠는가. 다음엔 어떤 책을 읽어 볼까 고민하며 책장 앞에 서성거리는 시간이 얼마나 즐거운지 모른다.

물이 끓기를 기다리는 순간에도 책을 읽다 보면 물이 넘치기도 한다. 아이들이 5살, 4살이 되니 둘이서 잘 논다. 그럴 때 또 책을 펼쳐본다. 엄마가 책을 보고 있으면 놀다가도 첫째가 먼저 책을 뽑아 들고 옆으로 온다. 그런 형을 보고 둘째가 따라한다.

진득하게 책을 보고 싶은데 아이들의 요구 사항에 흐름이 끊길 때가 많다. 그럴 땐 책장에 있는 책 다 싸들고 독서 휴가를 떠나고 싶다. 어디 방 하나 빌려서 이 책들만 다 읽고 돌아오고 싶다는 생각을 하면 또 슬며시 미소 지어진다. 상상만으로도 즐겁다. 독서 휴가는 버킷리스트 중 하나다.

책 읽을 시간이 없는 것은 책이 우선순위가 아니어서 그렇다. 책 보다 중요한 다른 우선순위가 있기 때문에 책 읽을 시간이 없는 것이다. 독서가 내 삶에 정말 중요하다고 생각한다면 1순위에 책을 둬야 한다. 책이 읽고 싶어질 환경을 집에 만들어 놓으면 된다. 외출할 때도 읽든 못 읽든 항상 책을 챙겨 나간다. 내가 가는 곳 어디든 책이 있다 보면 조금씩 가까워질 수 있다.

책 읽기의 재미를 아는 것이 무엇보다 중요하다. 나의 흥미를 끌 수 있는 책 위주로 읽다 보면 독서의 재미를 알게 되고 관심 분야도 점점 넓어진다. 육아서를 읽다가 자기 계발서로, 자기 계발서를 읽다가 인간관계로, 인간관계 책을 읽다가 심리서로 뻗어 나간다.

책 읽는 습관도 안 잡혔는데 '오늘부터 인문고전 독서를 하겠어!' 하고 덤벼 버리면 독서가 더 멀어질 수도 있다.《논어》,《사기》와 같은 인문학이나《코스모스》같은 두꺼운 양서는 아직 어려워 조금씩 읽어 나가고 있다.

이지성 작가의《일독》,《이독》을 보면 독서의 단계를 세 부분으로 나눈다. 1년에 365권을 읽는 일독슈퍼리딩, 두뇌 속에 성공 세포를 심는 성공 독서인 이독석세스 리딩, 인류의 역사를 새롭게 쓴 위대한 천재들의 독서법인 인문고적 읽기를 하는 삼독그레이트 리딩.

1년 100권 읽기를 목표로 하고 있는 나는 일독의 단계에 있다. 마음은 늘 삼독을 향해 가고 있지만 급하게 가지 않으려고 한다. 책 읽는 습관은 생겼으나 갈 길이 멀다. 꾸준히 책을 읽다 보면 1년 365권을 읽는 날도 올 것이고 인문고전 읽기의 재미에 빠지게 될 날도 올 것이다. 두뇌가 바뀌고 인생이 바뀐다는 독서의 임계점을 넘어 보고 싶다. 그래서 오늘도 책을 읽는다. 하루 한 권의 책들이 쌓여 만들어져 있을 내가 궁금하다.

시인이
꿈이었던 아이

최악의 폭염을 기록했던 2018년 여름, 한 주를 되돌아보는 반성을 하는데 별로였다. 책도 얼마 읽지 못했고 의미 없이 흘려보낸 시간이 많았다. 그리고 주말엔 사랑하는 남편과 크게 다투기까지 했다. 큰소리로 화를 내며 다툴 것까지야 없었는데 왜 그랬을까?

류시화의 《새는 날아가면서 뒤돌아보지 않는다》를 읽으면서 화가 나면 소리를 지르는 이유에 대해 명쾌한 답을 얻었다.

"사람들은 화가 나면 서로의 가슴이 멀어졌다고 느낀다. 그래서 그 거리만큼 소리를 지르는 것이다. 소리를 질러야만 멀어진 상대방에게 자기 말이 가닿는다고 여기는 것이다. 화가 많이 날수록 더 크게 소리를 지르는 이유도 그때문이다. 소리를 지를수록 상대방은 더 화가 나고, 그럴수록 둘의 가슴은 더 멀어진다. 그래서 갈수록 목소리가 커지는 것이다."

영적 스승 메허 바바가 들려주는 우화에서 나온 이야기다.

상대방이 나에게 소리를 지른다면, 그것은 나를 필요로 한다는 뜻이다. 거리를 좁히고 싶다는 뜻이기에 가슴이 더 멀어지지 않게 하는 방법은 소리치지 않기, 작은 목소리로 말하기라고 작가는 말한다.

화를 낼 때는 화 낼 이유가 충분하다고 생각했는데 지나고 보면 화내지 말걸, 내 마음과 감정을 차분히 얘기해서 풀 걸 후회가 된다. 서로에게 상처만 남겼던 지난밤의 내 행동을 돌아보면 한숨만 나왔다. 별것도 아닌 일로 남편을 가슴에서 밀어낸 이유가 뭘까? 내 마음이 빈곤한가? 그저 그런 하루가 아닌 매일이 신나는 인생을 살다 갈 수 없을까? 그러기 위해선 어떻게 해야 할까? 질문이 꼬리에 꼬리를 물고 이어졌다.《시를 잊은 나에게》란 시집이 떠올랐다. 사막처럼 메마른 마음을 시로 채워보고 싶단 생각이 들었다.

초등학교 3학년 때의 꿈이 시인이었다. 농번기가 되면 우리 가족, 큰아버지네 가족, 고모네 가족이 모두 할아버지 논으로 가서 일손을 보탰다. 어렸던 우리는 개울가로 논두렁으로 뛰어놀기 바빴다. 어른 키 두 배쯤 되는 높다란 짚더미에 올라 푸르른 가을 하늘을 바라보며 누워 있기도 했다. 일손 돕는 부모님의 고단함은 모른 채 내게는 아름다운 유년 시절의 추억으로만 남아 있다.

하늘은 푸르고 잠자리는 날아다니고 살랑거리는 바람에 기분도 날아갈 듯 붕 뜨던 그 느낌은 뭐라도 쓰고 싶게 만들었다. 수첩과 볼펜을 목에 걸고 다니며 시를 썼다. 장래희망에 시인이라고 써 내기도 했다.

시에 대한 관심과 흥미가 떨어져가던 초등학교 6학년 때, 담임선생님이 부르셔서 교무실로 갔다. 우리 반 대표로 교내 백일장에 나가기로 한 아이가 못나가게 되어서 나보고 급히 가보라는 것이었다. 너무 갑작스러웠다. 시를 써본 게 오래된 옛날 일처럼 느껴져 툴툴대며 백일장 장소로 갔다.

주제가 '가을'이었다. 가을, 가을, 가을을 생각하니 사촌동생들과 뛰어놀던 가을 논밭이 생각나 미소가 지어졌다. 그때의 좋았던 기억을 시로 적어 내고 나왔다. 전교생 아침 조례 시간, 날씨는 덥고 길어지는 교장선생님 말씀에 지쳐 갈쯤 교내 백일장 수상자를 불렀다. 장원 안현진 하는 소리에 깜짝 놀랐다. 교단에 서서 상을 받는 일은 그때가 처음이자 마지막이었다.

아무런 기대도 없이 써내고 나왔던 시가 장원을 받을 수 있었던 것은 순전히 아름다운 기억의 힘일 것이다. 시인이 꿈이었던 아이는 커갈수록 시를 점점 잊어가게 되었고 국어 시간에 만나는 시가 전부였다.

대학생이 되어 교지편집국에서 만난 남자친구도 고등학생 때의 꿈이 시인이었다. 교내 백일장에서 최우수상을 받고 국어 선생님에게 불려갔다. 정말 네가 쓴 시가 맞냐는 질문까지 받았다고 한다. 국어국문학과로 진학하고자 했지만 가족의 반대가 심했다. 장래를 생각해 두 누나가 다니고 있는 간호과로 오게 된다. 그 남자친구는 지금의 남편이 되었다.

김소월 시인의 시를 좋아했던 남편은 첫 아이의 이름을 지을 때 후보 명단에 소월이란 이름도 올렸다. 태어난 연도, 시, 음양

오행 등을 맞추어 보니 지어줄 수 없는 이름이어서 아쉽게 탈락시켰다. 감수성도 풍부하고 말도 예쁘게 하는 첫째를 보면서 소월이란 이름도 참 잘 어울렸겠다는 생각을 한다.

작년 가을, 저녁을 먹고 가족과 함께 산책을 하다가 진주에서 커피 전문점으로 유명한 카페에 가게 되었다. 들어간 카페에서 커피를 소재로 한 문예회를 연다는 현수막을 봤다. 집으로 돌아오는 길에 남편은 시를, 나는 산문을 응모해보기로 했다.

방문을 닫고 들어간 남편은 30분 정도 있다가 나오더니 시를 한번 읽어보라고 건네준다. 30분 만에 쓴 시라고는 믿기 어려울 정도로 좋았다. 카페 문예회에 응모하기 며칠 전, 도서관에서 주최하는 독서 감상문 공모전에 낼 남편의 글을 읽어 보았다. 같이 응모하려고 반강제로 쓰게 했더니 딱 보기에도 성의 없이 써 놨다. 남편의 허락을 받고 좍좍 그어 가며 읽었다. 교지에서 맞춤법, 띄어쓰기, 문맥상 의미 맞추기등 글을 교정하던 버릇이 나왔다.

"에잇, 안 써 안 써!"

하며 결국 응모하지 않았는데 시는 넘사벽이었다. 어떻게 이런 시를 30분 만에 뚝딱 쓰냐며 감탄했다. 남편의 시는 몰라도 내 글은 수상의 기대 없이 응모하는데 의의를 두었다. 발표날, 수상자를 먼저 확인한 남편이 크게 웃으며 나를 불렀다. 부부가 나란히 은상에 입상할 줄은 꿈에도 몰랐다.

〈시를 잊은 나에게〉라니…. 시의 제목을 어쩜 이렇게 잘 지었을까. 시인이 꿈이었던 아이가 얼마나 오랫동안 시를 잊으며 지내온 걸까. 시를 한 수씩 필사하면서 열렬한 사랑의 구애를 받는 수줍은 아가씨가 되기도 하고 가슴 아픈 이별에 함께 슬퍼하기도 한다.

"어때요? 이건 무슨 의미 같아요?"

시가 말하고자 하는 걸 모를 때엔 남편에게 물어보기도 한다.

나희덕의 〈푸른 밤〉이란 시에서 "나의 생애는 모든 지름길을 돌아서 네게로 난 단 하나의 에움길이었다"는 표현이 이해가 잘 안됐다. 에움길이란 단어를 찾아보니 지름길과 반대되는 빙 둘러서 가는 길, 우회로라고 한다. 남편이 저녁 늦게 녹초가 되어 돌아왔다. 시에 대해 물어볼 게 있는데 지금은 피곤해 보여서 나중에 물어보겠다고 했다. 그런 거라면 재밌다고 어떤 시냐고 묻기에 시집을 건네주었다. 침대에서 시를 읽고 있던 남편에게 얼른 가 이야기를 나누고 싶었지만 아이들의 요구사항을 들어 주다 보니 빨리 가질 못했다. 후다닥 뛰어가 보니 거의 굶아떨어지기 직전이다.

"선배 선배. 시 마지막에 '나의 생애는 모든 지름길을 돌아서 네게로 난 단 하나의 에움길이었다'고 하잖아요. 왜 지름길이 아니라 둘러가는 '에움길'이라고 했을까요?"

"여러 사람을 거쳐 갔지만 결국엔 그 사람에게로 가게 된다는 거 아닐까."

"아, 여러 사람! 그럼 이해가 되네요. 난 그렇겐 생각 못했는데, 그럼 '사랑에서 치욕으로, 다시 치욕에서 사랑으로'에서 왜 치욕이란 표현을 했을까요?"

"사랑하면서 겪는 감정 중 하나 아닐까. 그걸 치욕이라 표현한 것 같은데."

"전체적인 시의 느낌은 알겠는데 뭔가 뭉뚱그려져 있고 모호한 그런 느낌이라서요. 선배는 어떻게 생각하나 물어보고 싶었어요!"

"응, 그러면 돼~ 그냥 시가 주는 느낌만 가지고 있음 돼."

"네. 선배 선배. 내가 예쁜 시 하나 읽어줄게요. 김용택 시인 알죠?"

"응."(벌써 꿈의 저편으로 가고 있는 중이다)

"섬진강 시인 있잖아요. 너무 예쁜 시가 있어서요. 읽어줄게요! 달빛이 떴다고 전화를 주시다니요. 이 밤 너무 신나고 근사해요…."

"드르렁 드르렁."

이미 잠들었지만 꿋꿋하게 시 한 편 다 읽고 불을 끄고 나왔다. 남편과 시에 대해 대화를 나누는 게 재밌다. 한 때 시인이 꿈이었던 여자 아이와 남자 아이가 만나 부부가 된 인연이 신기하다. 또 누가 알랴. 전생에 시 한 수씩 주거니 받거니 하며 호형호제 하던 선비들이었을지.

"추억이란 인간의 진정한 재산이다. 기억 속에서 인간은 가장
부유하면서도 또 가장 빈곤하다."

알렉산더 스미스

시인이 꿈이었을 만큼 유년 시절의 기억들이 행복했다. 그 속에는 가족과 자연이 함께했다. 행복한 마음을 어떻게라도 표현하고 싶어서 글을 쓰고 시를 썼다. 시를 필사하다 보면 어릴 적

기억이 종종 떠오른다. 짚더미 위에 누워서 바라보던 가을 하늘을 떠올리니 어렸던 나만큼 젊었을 부모님의 모습도 떠오른다.

내겐 낭만적이었을 논밭에서의 기억이 부모님에겐 고된 노동의 기억일까. 주말이면 온 가족이 시골 할머니 댁으로 갔다. 소와 개, 고양이, 풀, 잠자리, 개구리, 산과 하늘의 시골풍경이 손뻗으면 잡힐 것 같은데 벌써 20년 전 이야기다. 수첩에 메모하는 걸 좋아하던 아이, 자연에서 느낀 감정을 시로 써 내던 아이가 어느새 두 아이의 엄마가 되었다. 잊고 있던 시에 대한 기억이 시를 필사하면서 떠오른다.

시인이 바라보는 사물과 풍경은 어린아이 같다. 순수하고 맑다. 아이와 외출을 할 때면 최대한 여유 있게 출발하려고 한다. 꼭 한번은 쭈그려 앉아 개미집도 들여다봐야 하고 화단에 핀 꽃 향기도 맡아봐야 하기 때문이다. 개미 하나에도 꽃잎 하나에도 감탄한다.

세상이 궁금하고 신기해서 어쩔 줄 몰라 하는 모습을 보면 나도 모르게 동심으로 돌아간다. 화단에 핀 꽃과 바닥에 기어가는 벌레들을 함께 본다. 아이들이 아니었음 눈길이나 한 번 줬을까. 앞과 옆으로 고정된 시선을 아래로 향하게 한다.

한 번씩 아이 입에서 나오는 말이 시 같아서 깜짝 놀라곤 한다. 우리 아이들 모두가 시인이다. 꽃도 그냥 지나치지 않고 향기도 맡아보고 색깔도 이야기하며 예쁘다 감탄한다. 어느 글에서 젊게 사는 비결은 어린 아이와 같은 감수성을 가지고 사는 것이라 했다. 나이나 외면만 보고 청춘이라고 하지 않는다. 오히려 젊었지만 노인 같은 사람도 많다. 어떤 말을 해도 별 반응이 없거나 다 안다는 듯한 표정을 한 채 감동에 무디다. 반면에 연세 지긋한 할아버지, 할머니인데도 작은 것에 감탄하고 신기해하는 모습을 보면 아이같고 귀엽기도 하다.

세상을 어떻게 바라보느냐에 따라 회색 도시가 될 수 있고 무지개처럼 알록달록한 세계가 될 수 있다. 시인은 아니더라도 시인의 눈으로 일상을 바라보려고 노력한다면 우리 삶이 한층 더 아름다워 보이지 않을까.

일기,
너는 내 친구

노무현 대통령 탄핵 소추안이 국회에 통과되어 온 나라가 시끄럽던 2004년. 중학교 2학년이 되었다. 학교를 마치고 오면 같은 아파트에 사는 아줌마들이 와 있는 날이 많았다. 인사만 하고 곧장 방으로 들어와 침대에 누웠다. 문을 닫았지만 이야기 소리가 바로 옆에서 들리는 듯하다. 언제 가실까 생각하며 자는 것처럼 조용히 있었다. 아줌마들의 웃음소리와 빠른 말소리가 머리를 어지럽게 했다. 듣고 싶지 않은 대화를 어느새 쫓아가고 있었다.

예전에는 안 그랬는데 중학교 올라가면서 집에 다른 사람이 있는 게 불편해졌다. 혼자 있는 시간이 좋았다. 이어폰을 끼고 웨스트라이프 노래를 크게 듣고 있으면 엄마가 뭐하냐며 문을 열어본다. 아줌마들이 다 갔다는 의미다. 부쩍 가슴이 답답하고 짜증나는 일이 많아졌다. 남동생이 아무 생각 없이 던지는 말도 비수가 되어 꽂혔고 장난치듯 툭툭 건드리는 것도 못견뎌했다. 도대체 왜 이러는 건지 알 수가 없어 또 답답했다. 누가 내 마음 속에 고구마를 꾹꾹 눌러 담는 것 같았다. 크게 소리치고 싶은데 큰 한숨만 내쉴 뿐이었다.

속으로 삭히는 것은 한계가 있었다. 당장이라도 뻥 터져 버릴 것만 같아서 자물쇠가 달린 일기장을 꺼냈다. 분노의 감정을 눌러 쓰기도 하고 엉엉 울며 쓰기도 했다. 성적, 성격, 친구관계에 대해 주로 썼다. 내 성격은 왜 이렇게 내성적일까? 공부를 잘하고 싶은데 공부가 안 돼, 어떻게 공부해야 하지? ○○이가 한 말에 상처 받아서 등등 속마음에 있던 얘기들을 일기장에 써내려갔다.

속에서는 맴돌아도 입 밖으로는 절대 나오지 않던 욕도 글로는 써졌다. 초등학교 6학년이 된 남동생은 한층 개구쟁이가 되었다. 누나와의 말싸움에서도 지지 않았다. 그럼 분해서 문을 쾅 닫고 들어가 엉엉 울었다. 일기장을 꺼내 동생이 밉다고 욕을 적었다. 몇 페이지가 넘어가도록 글을 쓰다보면 마음이 가라앉았다.

엄마는 내가 사춘기도 겪지 않고 모르게 지나온 것 같다고 했다. 정말 사춘기가 없었나 생각해보면 중학교 2학년 때였다. 이유 없이 가슴이 답답하고 그게 뭔지 몰라서 쩔쩔매던 열다섯 살이 사춘기였다. 대학생이 되어서야 그때가 사춘기였구나 깨달았다.

일기장에 쓴 글들이 다시 읽기 꺼려질 정도로 무섭게 느껴졌다. 나쁜 아이라고 생각했다. 내 마음이 나쁘다고 생각해서 일기장에 쓴 걸 아무에게도 들키기 싫었다. 혹시나 누가 읽어 볼세라 서랍 깊숙이 숨겨 놓았다. 동생을 욕한 건 수정액으로 다시 지우기도 했다. 감정을 글로써 표출하긴 했어도 보듬는 데는 서툴렀다. 부정적인 마음도 나의 일부인데 그걸 외면하려고만 했다.

'이건 내가 아니야, 난 이렇지 않아, 난 착한 아이야, 이렇게 무서운 말을 쓰다니.'

일기장은 잘했다, 못했다, 착하다, 나쁘단 말없이 묵묵히 내 얘길 들어줬다. 방문을 걸어 잠그고 쓰던 일기장이 그 순간만큼은 유일한 친구였다. 매일 찾는 것도 아니고 필요할 때만 찾는데도 언제든 귀 기울여 들어주었다. 그 땐 사춘기인 줄도 모르고 지나왔지만 사춘기를 잘 지나가게 해준 것은 일기장 덕분이다.

언제부터 일기를 썼을까? 기억을 더듬어보면 초등학교 1학년 때로 거슬러 올라간다. 일기 쓰기는 매일 담임선생님에게 검사 맡는 숙제였다. 빨간 볼펜으로 한 줄에서 두 줄 정도 선생님의 생각이 적혀 있었다. 저학년까지는 선생님 글이 적혀 있는 게 좋았다. 클수록 내 일기장을 누가 본다는 사실이 부담스러워졌다. 진짜 쓰고 싶은 이야기는 비밀 일기장에 따로 적기 시작했다.

글씨가 예쁘다는 칭찬을 받으면 기분이 좋았다. 쓰는 행위 자체가 좋아 일기 쓰는 것도 재밌었다. 초등학교 3학년이 되면서 담임선생님이 일기 쓰기 싫은 날이면 시를 써도 된다고 하셨다. 또박또박 쓰던 글씨도 이상한 모양을 넣어서 쓰고 일기장에도 내 글이 아닌 시로 채우거나 그림일기를 쓰는 날이 많아졌다. 방학 때도 몰아 쓰기를 하며 겨우겨우 일기를 써냈다.

초등학교 4학년 담임선생님은 바른 글씨를 중요하게 생각했다. 성의 없는 글씨는 무섭게 혼을 냈기에 의식하고 바르게 쓰기 시작했다. 1년 사이에 글씨가 다시 또박또박 해졌다. 지금까지도 글씨가 예쁘다는 말을 종종 듣곤 한다.

글씨를 대충 쓸 때는 일기 쓰기도 싫더니 바른 글씨로 한 자 한 자 쓰니 다시 일기 쓰기가 즐거워졌다. 글씨가 성의라고 생각한 것도 4학년부터였다. 예쁜 글씨는 아니더라도 성의 있게 쓴 글인지 대충 쓴 글인지는 알 수 있다. 글씨체는 마음체라는 것을 일찍 깨우쳤다.

친정에 며칠 머무를 때 일이다. 둘째 아이가 초등학교 일기장을 들고 뛰어 온다. 안 쓰는 옷장 서랍 맨 밑에 일기장을 모아서 넣어뒀는데 그걸 꺼내 온 것이다. 낡은 일기장을 넘겨보면서 킥킥킥 웃었다. 20년 전을 회상해 본다. 엄마는 결혼하기 전까지 한약방에서 약 달이는 일을 했다. 동생과 내가 초등학생이 되어서 다시 일을 시작했다. 주말이나 방학 때면 동생과 함께 한약방에 많이 따라 다녔다. 일기장에도 한약방에서 있었던 일들이 많이 적혀 있다. 아이들이 놀만한 것이 전혀 없는 그 속에서 엄마를 기다리며 뭐라도 가지고 놀아야했다. 심심한 곳인데도 엄마가 있는 곳이니까 좋았다. 테이프로 상자를 붙이거나 약을 담는 일을 돕기도 했다. 한약방에 광고가 적힌 메모장이 많이 있었다. 갈 때마다 수북이 쌓여있어 메모장 하나씩 가지는 게 소소한 재미였다. 동생이랑 빙고 게임도 하고 오늘 먹은 음식, 서점가서 구경한 책, 올 때 탄 버스 번호 등 이것저것 다 적었다.

내 삶이 누군가에게 위로가 되길

약방의 쉬는 공간에 사용 안 하는 러닝머신이 있었다. 동생이 그걸 타고 놀다가 넘어져 바지가 찢어졌다. 일기장에 내가 와하하 웃었다고 쓰여 있었다. 누나가 웃어서 넘어진 거라며 내 탓을 했고 우리 둘은 싸웠다. 엄마에게 얘기하니 동생이 잘못했다고, 아마도 아빠에게 혼날 게 무서워서 내 탓이라고 했나 보다라고 쓰여 있다. 집에 갈 때쯤 동생이 새 메모장을 줬는데 기분이 풀렸다고 적혀 있다. 동생에게 엄마 한약방 메모장 기억 나냐고 물으니 잘 모르겠다고 한다. 일기가 아니었으면 다시 기억하기 어려운 일이었을 텐데 어릴 적 추억들이 담겨 있는 일기장이 고마웠다. 의무적으로 썼더라도 글로 쓰지 않았으면 쉽게 잊혔을 이야기들이다.

초등학교를 졸업하면서 일기장을 검사하는 사람이 없어졌다. 써야 한다고 강요하는 사람도 없으니 자연스레 안 쓰게 되었다. 기분 좋을 때보다 안 좋을 때 일기장을 찾았다. 중학생, 고등학생, 대학생 때도 일기는 썼지만 매일 쓴 것은 아니다. 일기보단 편지를 많이 썼다.

고등학교 2학년일 때 친해진 반 친구와 3학년이 되면서 반이 달라졌다. 수업에 들어오는 국사 선생님도 달라졌다. 1, 2학년 때 듣던 국사 선생님이 아닌 새로운 선생님이었다. 2년 동안 수업 들었던 선생님의 필기가 익숙해서 새로운 수업방식이 적응하기 힘들었다. 친구에게 매주 국사 필기 공책을 빌려가 따로 정리를 하고 돌려줬다. 돌려 줄 때마다 고맙다고 포스트 잇 한 장 가득 메모를 붙여 보냈다. 빌려올 때마다 맨 뒷장에 내가 쓴 포스트잇들이 차곡차곡 붙여져 있었다. 그러다 친구도 빌려주면서 짧은 메모를 남기기 시작했고 국사 공책이 교환 일기장처럼 되어버렸다.

교환 일기는 중학교 1학년 때 처음 써 봤다. 예쁜 일기장 하나를 사서 친구와 번갈아 가며 일기를 쓴다. 색깔 볼펜으로 예쁘게 꾸미기도 하고 좋은 글을 쓰기도 했다. 처음이자 마지막으로 교환 일기를 주고받았던 친구가 갑작스레 전학을 가버렸다. 한 번씩 생각나는 친구인데 어떻게 사는지 궁금하다. 국사 공책을 빌려줬던 친구는 지금까지도 연락하고 만나는 절친이 되었다.

결혼을 해서도 일기 쓰기는 계속 된다. 첫 아이를 임신했을 때 태교 일기를 적으며 설레는 마음으로 출산을 기다렸다. 태명인 동글이에게 오늘 있었던 일과 엄마가 널 얼마나 보고 싶어 하는지, 아빠가 서운하게 한 게 있지만 그런 아빠를 얼마나 사랑하는지를 적었다.

출산 후에는 수유 일지를 썼다. 유축해서 먹인 모유와 분유를 먹은 양, 시간을 적었다. 아이에 대한 것은 뭐라도 남기고 싶었다. 수유 시간을 보며 배고플 때가 됐구나 짐작도 하고 하루 먹은 양을 보면서 분유와 이유식을 조율해 가기도 했다.

결혼 생활에 대한 이야기와 엄마로서 느끼는 혼란스러운 마음도 일기에 썼다. 일기장은 다시 아무 말 없이 이야기를 들어주었다. 마침표를 찍을 때면 마음이 한결 편안해져 있었다.

"종이는 사람보다 참을성이 많다.' 가끔 밖에 나갈까 말까를 고민하는 것조차 귀찮아 뒹굴뒹굴하는 날이면 더욱 이 말이 떠오른다. 종이는 내가 적은 글을 남에게 절대 보여주지 않을 것이다. 내 마음속에 있는 것들을 모조리 털어놓아도 괜찮을 것이다."

"나는 아직 누구에게도 그런 적이 없지만, 너에게만은 모든

것을 믿고 고백하게 되기를 바란다. 그렇게 나는 너에게 위로
와 안식을 구하고 싶다."

안네 프랑크, 《안네의 일기》 중에서

말은 없어지지만 글은 남는다. 친정집 오래된 옷장 서랍에 있
는 초등학교 일기장, 책상 서랍 어딘가에 꽁꽁 숨겨져 있을 자물
쇠 달린 비밀 일기장은 내가 살아온 발자취다. 썼기 때문에 남아
있는 것이다. 《안네의 일기》도 안네 프랑크라는 아이는 죽었지
만 일기장 덕분에 안네라는 존재와 끔찍했던 유대인 학살의 역
사를 알 수 있다. 이순신 장군의 《난중일기》도 마찬가지다. 전쟁
중에도 꼼꼼하게 기록한 일기가 있었기에 임진왜란의 상황을
자세히 알 수 있다. 《난중일기》가 아니었으면 현장에서 직접 겪
은 일들을 지금처럼 생생하게 알 수 있었을까. 이순신 장군과 관
련된 수많은 책과 드라마, 영화도 난중일기를 바탕으로 만들어
지듯이 일기는 역사의 기록이 된다.

내가 쓰는 일기가 나의 역사를 기록하는 행위다. 일기를 쓰면
좋은 점이 마음이 차분해지면서 내가 한 행동의 문제점들이 보
인다는 것이다. 자연스레 나를 되돌아보고 반성하게 된다. 다시

내 삶이 누군가에게 위로가 되길

는 그러지 말아야지 하는 다짐도 한다. 미운 감정으로 쓰기 시작한 글이 나중에는 상대방을 이해하게 된다.

'그럴 수도 있지, 서로 오해한 게 있었나보다, 내가 너무 심했나?, 먼저 사과해야겠다'

화해의 손을 내민다.

알쏭달쏭한 감정도 쓰다보면 명확하게 깨닫는다. 이게 화가 나는 건지, 질투의 감정인지, 사랑의 감정인지 몰랐다가 적으면서 알게 되는 경우가 많다. 누구에게도 말할 수 없었던 고민과 생각들은 써 내려 가면서 해답을 찾기도 한다.

《모모》에서 사람들이 고민이 생기면 모모에게 와서 털어 놓는다. 모모가 하는 일이라곤 들어주는 것 밖에 없는데 사람들은 마음이 풀어지거나 답을 얻고 돌아간다. 일기장이 내겐 모모 같은 존재다. 앞으로도 함께 할 영원한 친구다.

글쓰기를 통한
행복 찾기

2008년 11월 5일 버락 오바마가 공화당 소속 존 매케인을 누르고 흑인 최초로 미국 대통령에 당선된다. 수능을 10일 가까이 앞둔 시점이었다. 그 해 초 우리나라도 새 대통령이 취임하고 한미 쇠고기 협정을 타결했다. 수입 소 반대 촛불집회도 열리고 광우병에 대한 관심이 높았던 해였다.

고3때 처음으로 논술 수업을 받았다. 야간 자율 학습 할 2시간 동안 논술 수업을 했다. 중위권임에도 불구하고 상위권 친구들 속에서 당당히 수업을 받았다. 논술 보는 대학교에 갈 성적은 안 되는데 갈 수 있을지도 모른다는 희망이 있을 때였다. 결국 논술이 필요 없게 되었지만 고등학교 3학년 때 배운 논술 수업은 좋은 기억으로 남아 있다.

내 삶이 누군가에게 위로가 되길

사회 이슈를 다룬 내용을 읽고 내 주장을 펼치는 연습은 처음이나 마찬가지였다. 제한시간 안에 글로 정리해야 한다는 압박감이 긴장되기도 했지만 짜릿했다. 공부만 하던 고3 생활 속에서 느끼는 작은 행복이었다. 논술 수업이 아니었으면 그 해 뜨거운 이슈였던 한미 FTA, 수입 소, 광우병, 촛불집회에 대해 진지하게 생각해봤을까? 내 생각은 어떤지 그렇게 생각하는 이유는 무엇인지 더더욱 고민해보지 않았을 것이다.

수능이 100일 남았을 때부터 디데이를 표시했다. 오늘 공부할 목표에 대해 적고 다 한 것은 빨간 펜으로 줄을 그었다. 공부가 안 될 때면 수능 후에 하고 싶었던 일들을 하나씩 떠올리며 기다렸다. 수능을 치르던 날 집을 나서던 내게 엄마가 물었다.

"수능 마칠 즈음해서 마중 나갈까?"

"아니~ 혼자 버스 타고 올 수 있어."

"그래. 잘 갔다 와."

"응! 끝나고 바로 올게!"

씩씩하게 길을 나섰다. 수능이 끝난 후의 후련함이란! 큰 산을 하나 넘은 것 같았다. 교실을 나오니 마중 나온 가족들과 차들로 북적였다. 그 틈을 빠져 나와 버스 정류장에서 집으로 가는 버스를 기다렸다. 긴장이 풀리니 더 춥고 배가 고팠다. 그 많던 차들이 다 빠질 때까지 버스는 오지 않았다. 그냥 마중 나와 달라 할 걸 그랬나 쓸쓸한 기분이 들었다. 수능 후에 하고 싶었던 일들을 하나씩 생각하니 기분이 좋아졌다. 집으로 돌아오니 엄마가 맛있는 저녁을 준비하고 기다리고 있었다. 아빠와 동생도 모두 반갑게 맞아주며 수고했다고 격려해줬다. 가족들의 따뜻한 환대에 버스정류장에서 느꼈던 쓸쓸함은 어느새 다 녹아버렸다. 저녁 먹고 가장 먼저 한 것이 블로그 만들기다.

고등학교 2학년 때 중국으로 수학여행을 갔다. 기행문을 적어 내기 위해 인터넷 검색을 하다가 우연히 블로그란 걸 알게 됐다. 20대 여성의 블로그였다. 여행, 음식, 책, 영화, 일상에 대한 사진과 글을 올려놨는데 재밌었다. 곧 20대가 될 내 모습을 떠올리니 설레였다. 10대가 아닌 20대, 학생이 아닌 어른의 하루는 어떤 것일까? 다른 사람의 일상을 보며 재밌어 할 수 있다는 게 신기했다. 블로그에 일상을 기록해야지 다짐하던 것이 1년이 지난 후 드디어 이루어졌다. 친구와 함께한 시간들, 책과 영화를 본 후의 감상, 대학, 연애, 직장, 결혼, 출산, 육아등의 일상을 기록해오고 있다. 횟수를 세어보니 어느새 10년차 블로거가 되어 있다.

내 삶이 누군가에게 위로가 되길

결혼을 하고 첫 아이를 낳기 전 두 달 정도 백화점 의무실에서 일한 적이 있다. 의무실 선생님이 쉬는 날에만 일하는 단기 아르바이트였다.

짧은 시간이었지만 그 시간들을 블로그에 남겼는데 '의무실 간호사'로 검색해서 많이 들어오는 모양이었다. 블로그 인기 글에 한동안 떠 있기에 클릭해서 읽어보다가 다른 글까지 넘어가게 되었다. 내가 쓴 글이지만 재밌었다. 잘 써서가 아니었다. 내가 느꼈던 감정과 상황이 떠올라 추억에 잠긴 것이다. 한 번씩 블로그의 옛 글들을 읽어보면 시간가는 줄 모른다. 육아에 대한 글은 두 아이가 커가는 모습이 고스란히 담겨 있어 읽을 때마다 눈시울이 붉어진다. 블로그는 20대가 기록되어 있는 일상의 저장소가 되어주었다.

신입생이 되면 동아리 홍보를 많이 한다. 빡빡한 수업 시간표를 보면서 동아리에 가입할 생각은 일찌감치 접었다. 홍보기간이 끝나갈 무렵 수업 전 쉬는 시간에 3학년 선배들이 들어왔다. 같은 간호과이고 성적이 우수한 사람만 들 수 있는 교직반 언니들이었다. 자신들을 교지편집부라고 소개한 뒤 학교의 책을 만들고 글을 쓰는 일에 대해 이야기했다. 생각하는 것만큼 공부에 지장 가는 일이 아니라고 했다. 교지 일하면서 교직반에도 들었고 장학금도 나온다고 했다. 개인 사물함 하나 없는 작은 대학에서 교지라는 공간이 생기는 것은 큰 장점이라고 했다. 마지막으로 글쓰기가 면접에도 도움이 될 거라고 말하며 나갔다. 지원자는 그 홍보를 들었던 같은 반의 한 살 많은 언니와 나뿐이었다. 그렇게 교지의 수습기자가 되었다.

3학년 선배들이 교지를 맡아 운영할 때와 달리 우리 상황은 열악했다. 장을 맡고 있는 타과의 2학년 선배 1명, 아무것도 모르는 수습기자 2명. 셋이서 교지를 꾸려나가야 했다. 3학년이 되면 졸업반이고 국가고시를 준비해야 하기 때문에 교지일은 하지 않게 되어 있다. 1년에 한 권의 책을 만들어 내는 일은 쉬운 일이 아니었다. 바쁜 학과 수업과 시험 기간 와중에도 계속 모여서 회의 하고 취재 하고 글을 써야 했다. 책이 나올 즈음해서는 밤새는 날도 많았다. 우리가 쓰고 편집한 글들이 실린 책이 세상에 나왔을 때는 이루 말할 수 없이 뿌듯했다. 우수한 성적으로 졸업 하지는 못했지만 그보다 더 소중한 추억이 생겼다. 교지의 추억마저 없었다면 대학 생활이 얼마나 재미없었을까.

원해서 온 간호과였지만 글쓰기에 대한 갈증은 계속 남아 있었다. 다시 진로를 결정할 기로에 서 있는 고등학생이라면 책과 글이 관련된 쪽으로 갔을 거라고 생각하기도 한다. 지금도 기자와 언론사에 관련된 영화와 드라마는 꼭 챙겨본다.

PRESS라고 적힌 목걸이를 하고 학교 행사, 축제 맨 앞에서 사진을 찍었다. 방학이면 농촌봉사활동 취재, 탐방 여행, 우리가 계약할 후보 출판사 투어를 다녔다. 2학년이 되어서는 수습기자 딱지를 떼고 총무가 되었다. 교지의 1년 예산을 계획하고 제출하는 과정도 다 글이었다. 형식에 맞춰 학생처에 제출하고 수정하고 다시 제출하는 과정을 수십 번 거쳤다. 학생의장들에게 우리가 쓴 돈의 내역을 감사 맡는 준비를 하는 것도 글이었다. 내 생각이나 소식을 전달해주는 글만 써봤지 돈과 그 사용 목적, 의도가 적힌 장부를 작성하는 건 처음이었다. 총무를 맡아 회계 장부를 써 본 것이 좋은 경험이 되었다. 지금은 우리 집의 재정 전문가가 되어 가계부를 열심히 쓰고 있다.

글쓰기는 나와 분리해서 생각할 수 없다. 글을 잘 쓰든 못 쓰든 글 쓰는 행위 자체가 좋다. 간절히 원하던 간호사가 되었지만 그 속에서 글을 쓸 수 있는 삶을 찾으려 했다. 좋아하는 소설가 중 한 명인 정유정 작가도 간호사였다. 아이들이 크고 다시 사회로 나갔을 때 주위서 말하는 것처럼 당연히 간호사로 돌아가기는 싫었다. 간호사가 아닌 새로운 일, 하고 싶은 일을 육아하는 동안 찾아보고 싶었다.

마음을 따뜻하게 하는 글은 어떻게 쓸 수 있을까 고민하던 차에 《유시민의 글쓰기 특강》을 읽게 됐다.

글이 내면과 삶과 연결되어 있다는 유시민 작가의 글을 읽고 눈이 번쩍 뜨였다. 글은 내 삶을 바탕으로 써지는 것이지 억지로 지어낸다고 써지는 게 아니었다. 평범하다고 생각한 일상부터 소중하게 생각해야 했다. 중요하게 생각하는 가치를 마음에 담고 실천하는 삶을 살아야 했다. 따뜻한 글을 쓰는 사람은 따뜻한 삶을 사는 사람이었던 것이다. 감사한 마음으로 기쁨이 충만한 삶을 살아가다보면 내게도 그런 글을 쓸 날이 오지 않을까 바래본다.

4장

내 인생 두 번째
이야기 그리고 책

가슴 설레는 꿈

　고등학교 3학년 초까지 급식 도우미를 했다. 급식비 면제도 되고 친구들에게 밥과 반찬을 나눠 주는 일이 보람되었다. 점심, 저녁시간 종이 울리면 제일 먼저 급식소로 달려가 앞치마, 모자, 마스크를 쓰고 준비했다. 학생들의 식사가 거의 끝나갈쯤 밥을 먹었다. 영양사 선생님이 수고했다며 항상 2배의 양을 푸짐하게 담아 주었다. 급식 도우미를 할 때 살이 많이 쪘다.

　우리 학교는 수능이 다가오면 예쁜 등을 만들어 운동장에 매달아 놓는 전통이 있다. 수능 기원을 위해 후배들이 만드는데 저녁이면 불이 켜져 알록달록 예쁘다. 배부르게 먹은 날은 등이 켜진 운동장을 자주 걸었다. 친구와 함께 걷기도 했지만 혼자 걷는 시간도 많았다. 진로에 대한 고민이 가장 많았던 열여덟 살, 친

내 삶이 누군가에게 위로가 되길

구들은 하나 둘씩 가고 싶은 과를 정했다. 이것저것 하고 싶은 게 많아 그 중에서 무엇을 해야 할지 몰랐다.

2학년이 되어 배운 일본어가 재밌어 일본어와 관련된 일을 해도 재밌을 것 같았다. 일본어를 제대로 배워 번역 쪽으로 가볼까? 일본 여행 가이드를 해볼까? 아니면 사극도 좋아하고 국사도 좋아하니 역사학자가 되어볼까? 수학여행 때 비행기에서 봤던 승무원 언니들 너무 멋있었는데 승무원을 해볼까? 글 쓰는 게 직업인 기자가 될까? 엄마가 얘기한 경찰 공무원은 어떨까? 대학교와 학과 그리고 직업으로만 생각하니 정말 내가 하고 싶은 일이 무엇인지 선뜻 결정을 내리기가 어려웠다.

그 날도 저녁을 잔뜩 먹고 예쁜 등을 보며 걷고 있었다. 주말에 할머니가 주신 용돈이 생각났다. 할머니는 갈 때마다 많이 못 줘서 미안하다는 말과 함께 꼭 돈을 주셨다. 냉장고 밑이나 옷장 서랍에서 낡은 검정색 동전 지갑을 꺼냈다. 할머니가 쓰실 최소한의 돈만 남겨두고 동생과 내게 용돈이라며 다 주셨다. 동생이 남자였지만 할머니가 나를 더 예뻐한다고 느끼며 컸다. 용돈도 항상 동생보다 조금 더 주셨다. 전화를 걸면 할머니의 무뚝뚝한 목소리가 받는다.

"여보시요."

"할머니! 저 현진이에요!"

"오! 우리 핸진이가? 잘 있나?"

목소리가 한 옥타브 올라가 할머니의 반가움이 온 몸으로 느껴진다. 조건 없이 날 사랑해주는 사람은 부모님 말고는 할머니밖에 없을 거라 생각했다. 할머니가 주신 용돈을 떠올리며 '나는 사랑을 많이 받으며 자란 사람이구나!' 다시 한 번 깨달았다. 내가 받은 사랑을 나누며 살 수 없을까? 어떻게 살아야 할까? 어떤 일을 하는 게 남에게 도움을 줄 수 있는 일일까?

'그래! 간호사! 간호사가 되어서 아픈 사람들을 돌보는 사람이 되는 거야!'

간호사가 될 내 모습을 상상하니 가슴이 두근두근 뛰기 시작했다. 명확한 꿈을 가슴에 품게 된 날이었다.

그 즈음 친구가 빌려준 이언 매큐언의 《속죄》라는 소설책을 읽었다. 간호사가 되고 싶은 마음이 더 간절해졌다. 소설가 지망생인 열세 살 브리오니가 저지르게 되는 일로 인해 두 사람의 인생이 망가진다. 한 사람은 아버지가 고용인의 아들을 의대까지 보낸 로비 터너이고 다른 한 사람은 언니 세실리아이다. 세실리아와 로비가 사랑을 확인하게 된 날 로비는 공상가 브리오니에 의해 강간범이 된다. 1차 세계 대전이 발발하고 감형을 조건으로 군에 자원입대하게 된 로비는 끔찍한 전쟁 한 가운데 있게 된다. 가족과 의절한 세실리아는 그리운 연인을 기다리며 간호사가 된다. 몇 년 후 브리오니도 자신이 저지른 끔찍한 행동을 깨닫고 속죄의 마음으로 언니를 따라 간호사가 된다.

책을 읽었던 2007년, 소설을 원작으로 한 영화 〈어톤먼트〉가 개봉한다. 영화의 중심이 간호사에 대한 것은 아니다. 주 관심사가 간호사다 보니 간호사에 대해 잠깐이라도 언급되는 영화, 책, 다큐멘터리는 모두 흥미가 갔다. 영화 〈진주만〉에서도 여주인공의 직업이 2차 세계대전 당시의 간호사였다. 영화에서 그려지는 이상적인 간호사의 모습에 매료되었다. 다치고 상처받은 사람들에게 등불이 되어주는 간호사의 모습이 천사 같았다.

지금까지 마셔본 커피 중 제일 맛있는 커피가 급식소 앞 자판기 커피다. 야간 자율 학습을 하다가 친구와 공부가 안 될 때면 교실을 몰래 빠져 나왔다. 200원짜리 커피와 함께 눈에 잘 안 띄는 벤치에 앉았다. 서로 하고 싶은 일과 되고 싶은 사람에 대해 이야기했다. 쌀쌀한 밤바람과 따뜻한 커피 한 잔, 감독 선생님에게 들킬까 봐 조마조마한 마음으로 얘기하던 우리들의 꿈. 그때 마신 커피가 가장 달고 맛있었다. 가슴 뛰는 꿈을 간직하고 있다는 것은 활기찬 생활을 하게 만들었다. 꿈을 이룬 내 모습을 상상하는 것만으로도 기분이 좋아졌다. 잘 안 되어 답답한 공부도 놓지 않고 계속하게 해주는 힘이 되어 주었다.

경제위기가 온 2008년 수능을 쳤고 취업난으로 간호학과의 경쟁률은 매년 높아졌다. 수능 점수를 보고 대학 입시 원서를 쓰는데 4년제 간호학과가 어려울 것 같았다. 3년제라도 간호과만 갈 수 있다면 좋겠다고 생각했는데 그마저도 다 떨어졌다.

집에서 가까운 4년제 사회복지학과를 가기로 하고 등록금을 냈다. 사회복지사도 어려운 상황에 있는 사람들에게 도움을 줄 수 있는 일이라며 아쉬움을 달랬다. 곧 시작하게 될 대학 생활을 앞두고 집에 있던 어느 날 간호과 추가 합격의 전화를 받았다. 다시 내 마음은 뛰기 시작했다.

부모님은 집에서 학교도 다닐 수 있고 사회복지학과도 전망이 괜찮더라며 남길 원하셨다. 간호사인 사촌 언니를 보면 여간 힘든 게 아니더라는 것이다. 추가 합격의 전화를 받고 하루 동안 머리가 아플 정도로 고민했다. 타지에서 독립된 생활도 해보고 싶었고 무엇보다 내 가슴을 뛰게 하는 건 사회복지사보단 간호사였다. 처음 간호사가 되기로 마음먹었던 날의 두근거림을 떠올리니 답은 이미 정해져 있었다.

인생의 핸들을 다른 사람의 손에 맡기기는 싫었다. 흔들거리고 험난해보여도 내가 선택한 길로 나아가고 싶었다. 혼자서 등록금을 낸 학교에 찾아가 입학 취소를 하고 새로 갈 학교에 등록금을 냈다. 스스로 길을 찾아 첫 발을 내딛은 것 같아 뿌듯했다. 대학에 입학하기 전《간호사가 말하는 간호사》란 책을 읽고 마음을 다 잡았다. 간호과에 가기로 한 순간부터 대학에 대한 로망은 포기했다. 어중간한 공부로는 안 된다는 걸 학창 시절에 겪어봤으니 간호학 공부는 열심히 할 거라고 다짐했다. 좋은 간호사가 되고 싶었다. 그러려면 실력 있는 간호사가 되어야 했다. 책을 읽으며 좋은 간호사는 어떤 간호사인지 생각해보며 입학을 기다렸다. 취업을 위해서 간 대학이 아니었다. 고등학교 내내 품었던 꿈으로 한 발짝 나아가기 위한 하나의 문이었다.

다시 시작하다

제일 오래 남을 것 같았던 내가 제일 먼저 그만뒀다. 그 다음에 한 명씩 한 명씩 그만 두고 지금까지 동기 중 한 명만이 남아 있다. 간호사가 될 줄 몰랐다던 고등학교 친구이다.

각자 다른 곳에서 일을 하고 살아가지만 두 달에 한 번씩은 만나고 있다. 넷이서 계모임을 하는데 이름이 녹빈홍안이다. '젊고 아름다운 여자의 얼굴'이란 뜻이다. 어여쁜 아가씨일 때 만났던 동기들은 지금도 어여쁘다. 다들 각자의 자리에서 멋진 간호사로 살아가고 있다. 그때 어떻게든 버텨서 남아 있었다면 어땠을까? '동기들과 일할 때 정말 좋았는데… 다시는 이런 동기들을 만날 수 없겠지…' 지나간 시간이 그리운 것은 그 속에서 함께한 사람들이 그리워서가 아닐까.

신규 간호사로 투석실에서 일하며 좋았던 것은 소중한 동기들을 만난 것이다. 그 인연이 지금까지 이어져 오듯이. 동기 네명 말고도 대구에서 온 언니가 있었다. 5개월 만에 고향으로 돌아가게 되지만 연락을 계속 이어왔다. 그러다 갑작스레 결혼 소식을 전하게 되었고 대구에서 진주까지 와주었다. 신부 대기실에 앉아 있는 내게 축하한다는 인사를 건네고 대구에 다른 결혼식이 있어 바로 가봐야 한다고 했다. 못 올 법도 한데 잠깐 얼굴이라도 보려고 여기까지 와준게 고마워 잊혀지지 않는다. 다른 사람은 몰라도 언니 결혼식은 꼭 갈 거라는 약속을 지켰다. 힘든 것만 있었던 게 아닌데 그 순간엔 힘든 게 더 커 보였다.

일은 하다 보니 적응이 되어갔다. 간식 싸서 나눠주기, 식사 챙겨 드리기, 설거지하기 등을 간호 업무와 분리시켜 도와줄 여사님이 생겼다. 여사님의 일이 어렵지는 않지만 쉴 틈 없이 바빠 힘들었다. 거친 환자들에게 상처 받는 일도 많아 자주 바뀌었다. 새로운 여사님이 구해질 때까지 다시 우리가 그 모든 일을 해야만 했다. 우리 일을 도와주는 여사님에게 진심으로 고마움을 느꼈다. 엄마보다 나이가 많은 분들이었기에 힘들어서 그만둔다 말할 때면 붙잡지 못했다. 투석 공부도 할수록 재밌었다. 윗년차 선생님에게 혼날 때에도 힘이 되어주는 동기들이 있었다.

문제는 내 마음에 있었다. 일과 사람에게 받는 스트레스도 있었지만 내면에서 오는 혼란도 큰 스트레스였다. 투석실의 업무가 그려오던 간호사의 모습과 많이 달랐다. 투석기계를 돌리고 있을 때, 기계를 닦고 있을 때, 밥 카운트 누가했냐고 혼날 때면 간호사가 아닌 것 같았다. 간호사의 이상적인 모습만 생각해와서인지 실제로 보게 되는 간호사의 모습에 실망할 때도 많았다. 나부터가 그랬다. 아픈 사람에게 도움이 되고 싶다던 초심은 어디 가고 하루하루를 버틴다는 마음으로 지내고 있었다. 어느 순간 출근하는 게 고역이 됐다. 이게 아닌데… 줄곧 간호사만 보고 쫓아오던 목표를 이뤄 버리니 상실감과 허무함이 컸다.

간호사가 되고 싶었던 이유보다 간호사란 직업만 생각하고 달려온 것이다. 나는 왜 간호사가 되고 싶었지? 내 가슴을 뛰게 하던 일은 이제 무엇이지? 하루에도 몇 번 씩 그만둘까, 조금만 더 다녀볼까 하던 것이 1년을 채우고 결국 그만두게 된다.

병원에서 수간호사 선생님에게 밥 카운트 때문에 크게 혼난 날이었다. 밥 카운트한 지가 언젠데 아직도 개수를 못 맞추냐는 말이 비수처럼 꽂힌 날이었다. '도대체 밥 카운트를 왜 간호사가 해야 하는 거야!' 폭발할 것 같던 마음이 눈물로 나와 버렸다. 버스를 타고 오면서도 내려서 걸어오는 길에도 눈물이 뚝뚝 흘렀다. 여느 날처럼 혼나는 것으로 지나갈 수도 있었다. 간호사에 대한 회의감, 여러 가지 갈등과 눌러 담았던 스트레스가 밥카운트로 터져 버렸다. 애사심을 갖던 병원에 오만 정이 다 떨어졌다. 어떻게 보면 충동적이었다. 무엇을 할지 구체적으로 정해놓지 않고 퇴사를 했다. 막연하게 조금 쉬고 싶다는 생각뿐이었다.

두 달은 일도 하지 않고 놀러 다니니 즐거웠다. 시간이 갈수록 점점 불안해졌다. 나만 뒤쳐지는 것 같았다. 쉬는 기간 동안 할수 있는 일을 해야겠다 싶어 제일 먼저 운전면허를 땄다. 3년제 전문학사로 졸업했기 때문에 4년제 학사를 취득할 수 있는 공부를 하기로 했다.

아파트 바로 뒤편에 작은 도서관이 있다. 여름이 되어 매일 도서관으로 출근 도장을 찍었다. 다양한 연령대의 사람들이 공부하는 속으로 들어갔다. 간호학 공부를 하고 있으니 다시 국가고 시를 준비하던 2년 전으로 돌아간 것 같았다.

도서관에서 공부를 하면서 두 사람에게서 자주 상담 전화를 받았다. 한 명은 대학 때 같은 집에 살았던 언니다. 졸업하고 고향으로 간 언니는 투석실로 옮기고 싶어 이것저것 물어 보았다.

다른 한 명은 공부를 잘하던 중학교 친구였다. 4년제 간호학과를 졸업하고 대학 병원 신규 간호사로 일하고 있었다. 간호사가 자기와는 맞지 않는 것 같다며 힘들다고 했다. 무엇이 힘든지 이해하면서도 근무 환경이 훨씬 좋아서 오히려 친구가 부러웠다.

내 앞가림도 못하는데 조언해 줄 처지인가? 나는 여기서 무얼 하고 있는 거지? 아까운 시간만 보내고 있는 건 아닌가? 동기들과 만나도 여전히 똑같은 병원 생활이지만 그 속에 나는 없었다. 내 선택이 후회스러웠을까. 초조해지기 시작했다.

답답하고 공부가 안 될 때면 다시 책을 찾기 시작했다. 1층에서 공부를 하고 2층에서는 책을 빌려 읽었다. 자기 계발서를 주로 읽었다. 읽다 보니 현재의 내 모습이 보였다. 온실 속 화초처럼 별 어려움 없이 큰 시련 없이 지내왔다. 그러다보니 경험하는 세상도 한정적이었다. 한계를 지어 놓고 그 밖을 벗어나는 것을 두려워했다. 혼자서 무엇인가를 해보고 성취한 일이 적었다. 책 속의 세상은 훨씬 넓고 다양했다. 온갖 모진 풍파를 겪고도 단단하게 일어서는 주인공을 보니 고개가 숙여졌다.

'내가 힘들다 한 것은 힘든 축에도 안 들었어….'

더 넓은 세계를 경험해 보고 싶었다.

간호사가 되어 해외 봉사 활동도 나가고 구호 단체에서 일해보고도 싶었다. 외국 간호사로 일하는 모습을 생각해보기도 했다. 처음의 큰 포부는 온데간데없고 어느새 눈앞에 닥친 일에만 아등바등 하고 있을 뿐이었다.

우선 지금 공부하고 있는 학사 공부에 집중하기로 했다. 공부를 하고 책을 읽으며 여름의 한 가운데를 지나가고 있었다. 구직 사이트를 보다가 한 병원의 이름이 눈에 들어왔다. 지어지고 있지만 곧 완공을 앞두고 있는 큰 병원이었다. 인천에 있는 가톨릭 재단의 대학 병원이었다. 2년 전이었다면 '이 병원에 갈 수 있을까? 내 성적으로는 무리야. 인천은 너무 멀잖아.' 하며 지원조차 해보지 않았을 것이다. 책을 읽으며 올라간 자신감이 '뭘 망설여! 지원해봐!' 부추겼다. 자기 소개서를 다듬고 또 다듬었다. 원서를 접수하는 과정에서 가고 싶은 마음은 점점 더 커졌다.

서류 합격을 보고 믿을 수 없었다. 큰 병원에서는 졸업한 학교와 성적을 중요하게 본다. 학교만 보고 바로 탈락 되는 경우도 많다. 10월에 있을 독학사 시험과 면접 준비를 같이 해나가다 보니 어느새 쌀쌀한 가을이 왔다. 면접 보는 날 처음으로 병원을 보았다. 아직 공사 중이었다. 도심 외곽에 위치해 주위에 식당 몇 군데를 제외하곤 아무것도 없었다. 낡고 오래된 건물들 사이에서 짓고 있는 병원만이 새 건물이었다.

면접 전날 밤 엄마와 함께 인천으로 왔다. 터미널 밖으로 나오니 넓은 차선과 많은 사람들을 보며 이질감을 느꼈다. 함께 시내버스를 타고 병원 근처에 내렸다. 분식집에서 저녁으로 순두부찌개를 먹었다. 겨우 찾은 찜질방에서 엄마와 자려고 누웠다. 잠이 들었는지 엄마의 숨소리가 들렸다. 몸을 돌려 엄마의 잠든 모습을 보는데 눈물이 났다. 초행길을 혼자서 헤맬까봐 같이 따라나선 엄마를 고생 시키는 것 같아 미안했다. 대학 간다고 떨어져 살고 멀리 취업해서 살 거라고 떠나가 버리고… 그냥 엄마 옆에 있으면서 일하는 게 나았으려나 마음이 약해졌다. 여기까지 왔으니 이대로 돌아갈 수 없다 생각하며 마음을 다잡았다. 실제로 보니 더 커보였던 병원 앞에 서자 가슴이 두근거렸다. 여기서 일하는 건 어떤 기분일까?

면접 준비를 할 때 후배에게 연락이 왔다. 정식으로 발령받기 전에 건강검진센터에서 일하는 중이었다. 같은 병원이었기에 계속 있어도 상관없었다. 정식 발령시 건강검진센터에 남을지 다른 부서로 옮겨야 할지 고민된다고 했다. 부모님과 다른 친구들은 일도 편하고 3교대도 아니니 계속 있는 게 낫지 않냐고 하는데 본인은 확신이 서질 않는다 했다. 투석실은 특수 부서다. 그 부서만이 할 수 있는 일이 있다. 투석 기계를 돌리고 투석과 관련하여 일하다보면 병동 업무와는 멀어진다. 다른 부서에 가면 경력자가 아닌 신규였다.

처음 일을 배울 때는 큰 곳에서 빡세게 배우는 것이 좋겠다는 생각을 했다. 힘든 곳에서 살아남으면 어딜 가나 일 잘 할 거라고. 그렇게 보면 나는 살아남지 못했기에 한편으론 씁쓸했다. 편한 곳에서 일을 시작하면 그보다 힘든 일은 하기가 어려울 것이다. 보다 편한 곳만 찾게 될 테고 하는 일과 배우는 일도 많이 좁아질 거라고 얘기했다.

"언니, 그거였네요. 이제 알겠어요! 고마워요!"

자신이 망설여지던 게 뭔지 알았다던 후배는 정식 발령 때 부서 이동을 신청했다. 지금은 소아과병동 간호사로 일하고 있다. 나도 인천에서 새로운 출발을 앞두고 있었다. 부모님은 혼자 인천에 가겠다는 딸이 걱정되었지만 지지해주었다. 아빠는 못내 서운한지 안 가면 안 되냐고 가기 전날까지 얘기하셨다. 이번에도 내 선택을 믿어보기로 했다. 우물 안 개구리를 벗어나 넓은 세계를 경험하고 싶었다.

"20년 후 당신은, 했던 일보다 하지 않았던 일로 인해 더 실망할 것이다. 그러므로 돛줄을 던져라. 안전한 항구를 떠나 항해하라. 당신의 돛에 무역풍을 가득 담아라. 탐험하라. 꿈꾸라. 발견하라."

마크 트웨인

그 해 겨울, 독학사와 병원 면접 모두 합격했다. 합격자 오리엔테이션이 있어 올라갔을 때도 아직 공사가 덜 끝나 있었다. 부동산을 통해 집을 알아보고 계약을 했다. 아는 사람 하나 없는 낯선 곳, 그 곳에서 새로운 출발을 할 생각에 떨리고 두려웠다.

그럴 땐 책을 읽으며 잘할 거라고 다독였다. 집이라는 안전한 항구를 떠나 나만의 길을 준비하던 해였다. 다른 사람에겐 별 일 아닌 것처럼 보일 수 있다. 든든하고 단단한 가족의 울타리 속에서만 살아오던 내게 홀로서기는 큰 결심이고 모험이었다. 후회할 수도 있지만 안 해보고 후회하는 것보다 해보고 후회하는 게 낫다. 그 곳에서 어떤 사람들을 만나고 어떤 일들을 경험하게 될지 기다려졌다.

내 인생 두 번째 이야기 그리고 책

고향 앞으로

빠아아앙. 밝은 불빛과 함께 열차가 들어온다.

'여기서 뛰어 내리면 어떻게 될까?'

텅 빈 선로를 바라보다가 기다리던 열차가 들어오면 했던 생
각이다. 같은 재단의 병원에서 먼저 교육을 받은 후 본 병원으로
갔다. 1월부터 시작하게 된 교육. 떨리는 마음에 잠도 오지 않았
다. 전담해서 가르쳐주는 프리셉터 선생님을 따라 다니며 병동
업무를 배웠다. 경력직으로 들어온 사람이 주사를 놓아본 적도
없고 약물 이름도 모르고 기본 간호도 안 돼 있으니 황당해했다.
2년차지만 신규나 다름없었다.

모르는 게 많으니 공부할 것도 많았다. 매일 숙제를 내줬고 약
물 이름을 찾고 공부했다. 찾는 데만도 시간이 걸렸다. 찾고 정

내 삶이 누군가에게 위로가 되길

리하고 외우다 잠들어 버렸다. 3시간도 못자고 출근했다. 시간이 부족했다. 잠을 줄여도 공부 내용을 머릿속에 넣는 것이 잘되지 않았다. 매일 물어 보는 약물에 제대로 답을 못하고 내준 과제도 다 못해갔다. 병동에서 공부 안 하는 신규로 찍혔다. 프리셉터 선생님이 정리한 노트를 보여 달라고 했다. 여기다 노트 정리하는 사람이 어딨냐며, 이렇게 정리하면 어떡하냐고 혼났다. 교육 받은 병원의 신규들이 정리한 노트를 보여줬다. 입이 떡 벌어졌다. '정리는 이렇게 하는구나!' 제대로 된 노트 정리는 처음 본 듯 굴었다.

1년 가까이 쉬다가 일하려니 다리부터 허리까지 아팠다. 배우고 숙지할 것은 많은데 몸이 따라 주지 않으니 늘 조급했다. 다닐 병원 근처에 자취집을 구했기 때문에 교육 받는 병원까지 1시간 넘게 걸렸다. 2~3시간 정도 일찍 가서 컴퓨터로 어떤 환자들이 입원했는지 파악하고 공부했다. 그래도 늘 시간과 실력이 부족했다.

아침 출근 때는 지하철 첫 차를 탔다. 첫 차가 운행되기도 전에 도착해 철문이 내려져 있을 때도 많았다. 공부해도 표도 안 나는 실수투성이 신규 간호사. 자존감이 바닥을 쳤다. 지하철에 몸을 던지는 사람들을 이해하지 못했는데 그 마음을 알 것만 같았다. 멍하게 열차가 들어오는 걸 보면 나도 모르게 그런 생각이 들었다.

1층 로비에서부터 병원 냄새가 확 풍기면 몸과 마음이 뻣뻣하게 굳었다. 엘리베이터에서 내린 후에는 심호흡을 한 번 크게 했다.

'오늘 하루도 힘내자!'

주먹을 꽉 쥐며 마음을 다졌다. 이해력도 부족하고 행동도 느린 편이다. 학생 때부터 그랬다. 그런 나를 잘 알기에 내가 할 수 있는 것은 남들보다 일찍, 미리 하는 것이었다.

투석실에서도 새벽 일찍 출근해 기계를 세팅했다. 그래야 제시간에 맞출 수가 있었다. 일이 손에 익는 데만도 시간이 걸렸기 때문이다. 누구나 적응기간이 있다. 이제 2주일이 되어 가는데 완벽하게 적응한다는 것은 무리였다. 그걸 알면서도 빨리 적응하길 원하고 그에 부응하지 못하는 자신을 보며 힘들어했다. 쉬지 않고 공부하는데도 한없이 부족했다. 잘하려고 아등바등 해보는데도 부족했다. 책을 보거나 블로그에 글을 쓸 마음의 여유

조차 없었다.

　'지금 따라가기도 벅찬데 내가 이걸 해도 되겠어?'

　이런 생각들 때문에 직장, 집 외에는 어디 갈 엄두조차 내지
못했다. 적응기간이란 건 내 능력과 상관없는 거라고 한다. 시간
이 지나면 잘하게 되는 것일 뿐이다. 사람마다 그 시기가 다를
뿐이지 누구나 처음에는 다 힘들다. 이 기간을 잘 넘기면 된다고
하지만 너무 빠른 시일 안에 내 능력 이상의 것을 요구하니 벅
찼다. 한동안 울면서 다녔다.

　업무는 익숙해졌지만 인계가 가장 큰 문제였다. 전체를 보는
눈이 아직 부족했다. 인과관계에 의해 설명을 해줘야 하는데 버
벅거리고 막혀버리니 다음 근무자에게 미안했다. 나이트 근무할
때도 업무를 다 끝내면 간식도 먹고 조금 쉬기도 하는데 나는
그럴 수 없었다. 조금이라도 시간이 생기면 컴퓨터를 보며 인계
연습을 했다. 그렇게 해도 수간호사 선생님에게 아침마다 혼났
다. 왜? 그래서? 란 질문에 제대로 답을 하지 못했다. 못 챙긴 일
은 왜 그렇게 많은 건지 내게 칼퇴근은 불가능했다. 병동이 오픈
하고 2개월 뒤에 신규 간호사가 들어와 일을 가르쳐 줘야했다.

145
-
내 인생 두 번째 이야기 그리고 책

이렇게 빨리 내 밑에 누군가 들어오게 되다니… 언제까지 신규일 수는 없다는 생각에 마음이 더 급해졌다.

집과 병원만 오가며 생활했다. 집으로 돌아오면 외로웠다. 외롭다는 게 그렇게 크게 다가올 줄 몰랐다. 인천에 있는 병원에 가고 싶다 했을 때도 남자친구는 지지해줬다. 결혼해서 인천에 살고 있는 누나네 집이 있어 한 번씩 올라왔다. 집에 내려갈 때도 꼭 진주를 들러 남자친구를 만나고 갔다. 어쩌자고 이 멀리까지 왔을까. 버스터미널에서 다음 만남을 기약하며 헤어질 때마다 힘들었다. 함께 있다가 혼자 돌아오는 길은 더 멀게 느껴졌다. 집에 오면 덩그러니 다시 혼자였다. 가족도 남자친구도 고향에 있는 친구들도 모두 그리웠다.

나만의 공간이 생겨 들떴던 방도 위로가 되어주지 못했다. 조용한 방에서 먹고 자고 출근하는 생활이 견뎌내기 어려워졌다. 하고 싶던 병동 간호사도 하고 분위기도 다른 부서에 비해 좋은 편이었다. 더디지만 일도 조금씩 늘어가고 있었다. 근무환경도 간호 업무만 할 수 있게끔 분리되어 있어 좋았다. 어떻게 온 곳인데 이대로 내려가기는 싫어 버티는 날이 계속되었다.

밥을 제대로 챙겨 먹지 않고 군것질을 하니 살이 계속 쪘다.

분명 몸은 고된데 얼굴은 통실통실해지고 있었다. 근무 마치고 돌아오면 피곤해서 아무것도 하기가 싫었다. 배는 고프니 간단하게 먹을 것을 찾게 되었다. 집에서 해먹기보다 편의점, 분식점, 빵집을 자주 갔다.

살던 원룸 뒤편으로 작은 놀이터가 있다. 휴일에 날이 밝도록 자다가 아이들 웃음소리에 잠을 깬다. 사람들 지나가는 소리, 트럭 판매 소리, 자동차 소리를 들으며 가만히 누워 있었다. 그러다 보면 또 그리운 가족과 연인 생각에 눈물이 주르륵 흘렀다. 집으로 내려가고 싶었다. 아무 연고도 없는 곳에서 혼자 잘해내고 싶었고 그럴 수 있을 거라 생각했다. 씩씩하게 견뎌 보고 싶었다. 같이 입사한 선생님들이 잘하고 있다고 격려해주는데도 다시 빈 방으로 돌아오면 똑같았다.

사람에 대한 그리움이 커졌다. 직장 생활을 하고 성당에도 나가면서 사람들은 만나지만 공허했다. 속은 텅 비고 껍데기만 걸어 다니는 것 같았다. 몸과 마음이 지쳐버렸다. 이대로 고향으로 돌아가면 패배자가 되는 것 같았지만 돌아가기로 결심하고 나니 마음이 편해졌다. 간호사가 나와 안 맞는 일이라 생각했다.

인계 할 때마다 혼났던 수선생님에게 퇴사 의사를 말씀드렸다. 환자들도 칭찬 많이 하고 느리지만 일도 늘고 있는 게 보이는데 그만둔다니 아쉽다고 만류했다. 혼날 때는 눈물이 쏙 들어갈 정도로 무서웠지만 모두 날 위한 거란 걸 안다. 내가 더 잘하길 바라는 마음에, 잘 할 수 있다는 가능성을 보고 혼낸 거라 생각했다. 두 번 다시 이렇게는 못 살 것 같다 생각될 정도로 열의를 가지고 일했다. 쪽잠 자면서 공부하고 출근하고 일 배우던 인천에서의 생활. 올라간 지 6개월 만에 다시 고향으로 돌아오게 된다.

내 삶이 누군가에게 위로가 되길

인연 그리고
결혼

2014년 한 해 많은 일들이 있었다.

집을 떠났을 땐 겨울이었는데 돌아올 땐 여름이었다. 작년과는 다르게 무겁고 무기력한 여름을 나고 있었다. 입맛도 없어지고 매일 하루 한 잔씩 마시던 커피는 생각만 해도 속이 니글거렸다. 시원한 비빔냉면이 자꾸 먹고 싶었다. 여름이라 그런 줄 알았다. 입맛이 바뀐 게 단순히 계절 때문만이 아니란 걸 안 것은 오래지 않았다.

스무 살에 만나 첫 연애를 했다. 5년을 사귀고 결혼을 했다. 대학 교지편집부에서 만나 첫 호칭이 선배님이었다. 사건 후에는 선배라고 불렀다. 4살 많았지만 오빠란 말은 간지러워서 도저히

부를 수가 없었다. 첫 호칭이 선배님이 아니었다면 결혼해서도 그 호칭으로 쭉 부르고 있을지도 모른다.

1학년 땐 주말마다 집으로 갔다. 2학년이 되어선 뜸해졌다. 함께 보내는 시간이 즐거웠다. 처음엔 서로 모르는 걸 맞춰가다 보니 다투기도 많이 했다. 감정 표현에 서툴렀던 나는 말을 하기보단 상대가 알아주기를 바랐다. 그걸 모르는 선배와 다투게 되는 날이면 연락도 받지 않고 잠을 자버렸다. 자고 일어나면 기분이 한결 나아져 미안함이 몰려왔다. 표현을 하지 않으면 모른다며 《화성에서 온 남자 금성에서 온 여자》라는 책을 빌려 주기도 했다.

같이 밥 먹고 영화 보고 놀러 다녔는데 선배와 나의 성적은 극과 극이었다. 내게 공부 요령이 없다며 공부도 많이 가르쳐줬다. 한 해 먼저 선배가 졸업을 하고 병원 생활을 할 때도 시간 내어 자주 만났다. 권태기도 없이 5년을 만났다. 주위에서는 어디가 그렇게 좋으냐고 좋아하는 이유를 묻는데 대답하기가 곤란했다. 좋으니까 좋은 거지 좋은데 이유가 있을까 싶었다.

질문을 받고 내기 좋아하는 선배의 모습을 떠올려봤다. 나와는 다르게 솔선수범 하는 모습, 사람들 앞에서 당당하고 자신감

넘치는 모습, 나라면 그렇게까지 못할 텐데 싶을 만큼 남을 도와주는 모습, 무엇보다 한결같이 나를 좋아해주는 모습이 좋았다.

연애를 많이 해보지 못하고 결혼한 것이 아쉬울 때도 있었다. 내 마지막 연애 상대가 선배였음 얼마나 좋았을까 생각하기도 했었다. 선배를 만나 결혼한 건 아쉬울 일도 후회할 일도 아니었기에 더 이상 연애 경험에 연연해하지 않기로 했다.

결혼을 한 지 5개월 만에 첫째가 태어났다. 신혼 기간이 짧은 건 내내 아쉽다. 연애의 연장선 같다지만 신혼의 느낌은 또 달랐다. 심야 영화를 자유롭게 보러 다니고 함께 잠들고 눈뜨는 생활이 행복했다. 지금도 결혼한 지 얼마 안 된 부부가 둘이서만 다니는 걸 보면 부럽다. 다시 우리 둘만 남게 되는 중년, 노년의 모습을 자주 상상한다. 노부부가 주인공인 다큐멘터리와 영화를 좋아하는 것도 그래서일까. 〈님아 그 강을 건너지 마오〉란 다큐멘터리 영화는 첫 장면부터 울며 봤다. 같이 산 시간이 얼마 되지 않는데도 남편의 부재를 생각하면 견디기 힘들다. 소녀 같은 할머니와 소년 같은 할아버지를 보면서 저렇게 한 평생 남편과 살고 싶다 생각했다. 이상적인 노부부의 모습이었다. 남편이 너무 좋은 날에는 시부모님께 잘해야겠다는 생각이 절로 든다. '이 렇게 좋은 남편 낳아주셔서 감사합니다.'하고 말이다.

서울 사는 남편 친구를 가이드 삼아 골목의 숨은 맛집과 카페를 찾아 다닌 적이 있다. '원룸 골목 같은데 이런 곳에 카페가 있네?' 시선을 둔 창가에는 프렌치코트를 입은 할머니와 서류가방을 든 할아버지가 이야기를 나누고 있었다. 풍기는 분위기가 멋있었다. 어떤 관계인지는 모르지만 저분들처럼 나이 들면 좋겠다 생각했다. 외면과 내면이 모두 멋있는 어른으로 나이 들고 싶다.

결혼 전 김미경 강사의 〈청년 불공정거래 하지 마라〉라는 강연을 봤다. 거기서 부부는 부모여야 한다는 말이 나온다. 사람은 무르익어 가기 때문에 27살은 아무리해도 쓸 만해질 수가 없다. 50살은 되어야 쓸 만해진다. 대부분 결혼한 후에 무르익어 간다고 한다. 부부는 서로를 키워야 하는 부모 관계가 된다. 꿈의 파트너끼리 결혼해서 서로를 키워주라고 말한 부분이 인상 깊었다.

'25살에 결혼했는데 내 와이프 35살 되니 참 괜찮아졌다. 내

내 삶이 누군가에게 위로가 되길

작품이야.'

　이런 말을 남편에게서 듣고 나도 남편에게 할 수 있을까.

　어느 날 엄마가 물었다.

　"정서방은 네가 뭐하면 좋겠다던?"

　"나? 내가 하고 싶은 거. 내가 하고 싶은 거 다 하면서 살래."

　"그래? 좋겠다. 남편이 그렇게 말해주고."

　남편은 하고 싶은 일이 생기면 늘 적극적으로 지지해줬다. 평생 교육원 수업을 받거나 육아 강연 가는 날이면 흔쾌히 아이들을 맡아준다. 남편은 사람의 몸을 공부하는 게 재밌다고 한다. 소방관이 되고 싶었던 것도 자신이 남에게 도움을 줄 때 큰 보람을 느끼기 때문이다.

　차 안에서 서로의 꿈에 대해 이야기 나눴다. 글쓰기 수업을 받고 싶다고 하니 이번에도 흔쾌히 응원해준다. 소방관은 참혹한 사고 현장을 가장 먼저 보게 되는 사람들이어서 외상후 스트레스 장애를 겪는 사람이 많다. 경기도에는 소방관을 대상으로 하는 전문 심리 상담팀인 소담팀'소곤소곤 담소', '소방공무원 동료상담'이 있다. 전국 최초이자 유일하다. 남편은 심리 상담사 자격증을 따서 경남에도 외상후 스트레스 장애를 겪는 소방관들을 위한 소담팀을 꾸려보고 싶다 했다. 아직 먼 이야기이긴 하지만 심리 쪽으로 더 공부할 수 있는 대학원에 갈 생각도 하고 있었다. 물론 나도 좋다. 부부는 30년 같이 살면 작품이 된다고 한다. 우린 이미 공정하게 지원하는 파트너이자 인생의 동반자이다. 10년, 20년, 30년 뒤의 우리 부부는 얼마나 자라 있을까. 덜 익은 감으로 만나 맛있는 홍시로 익어 있을 그 날이 궁금하고 기다려진다.

내 삶이 누군가에게 위로가 되길

인간극장의
주인공은 나

엄마가 아침 드라마를 볼 때 나는 인간극장 보는 것을 더 좋아했다. 다양한 삶의 이야기가 담긴 휴먼 다큐멘터리가 재밌다. 결혼하고서는 더 챙겨 보았다. 바뀐 일상에 대한 혼란스러움이 나만 그런 건지 답답했다. 주위에 결혼 생활과 육아에 대해 물어볼 친구가 없었다.

다큐멘터리는 또 다른 책이었다. 큰 성공을 거둔 사람들이 아닌 나와 같은 평범한 사람들 이야기였다. 다큐멘터리는 인간, 자연, 여행, 과학, 동물 등 주제별로도 다양하다. 그 중에서도 인간에 대한 다큐멘터리를 좋아한다. 특별할 것 없는 일상이 재조명된다. 인간극장에서도 주로 밥 먹고 일하고 사람들 만나 이야기나누는 일상생활들이 담긴다. 잔잔하게 흘러가는 일상을 볼 때마다 마음이 편안해진다. 가까운 이웃의 이야기를 보는 것 같다.

　나보다 어린 학생, 젊은 아가씨, 아이를 키우는 엄마, 아빠, 부모님, 할아버지, 할머니 남녀노소 나이 불문 누구라도 인간극장의 주인공이 된다. 내 인생이 카메라에 담긴다면 어떤 제목이 될까 생각해보기도 한다. 어려운 상황 속에도 씩씩하게 살아가는 주인공들을 보며 힘을 내기도 한다. 관심분야가 나오면 눈을 반짝이고 본다. 도시의 삶을 정리하고 시골로 들어간 사람들의 이야기, 책과 글을 쓰는 사람들의 이야기, 아이를 키우는 엄마의 이야기, 나눔을 실천하며 사는 사람들의 이야기를 보면서 행복이 멀리 있지 않음을 알게 된다.

　결혼한 지 얼마 되지 않았을 때만 해도 새 아파트에 좋은 차를 갖고 싶었다. 왜 그걸 바랄까 생각해보니 남 보기에 좋은 삶이었다. 아이를 낳고 키우다보니 가치관도 많이 변했다. 번쩍이는 새 아파트와 자동차보단 자연이 있는 시골로 가고 싶어졌다. 마당 있는 주택에서 마음껏 뛰어 노는 아이들을 생각했다. 은행에 저당 잡힌 집이 아닌 작지만 소박한 우리 집과 탁 트인 공간에서 살고 싶었다.

친정에 며칠 머무르다 집으로 돌아오면 답답하다. 베란다 밖으로는 맞은 편 아파트와 주차장 밖에 보이지 않는다. 다큐멘터리를 보다 보면 시골에서 사는 삶에 대한 이야기가 자주 나온다. 불편하고 안 좋은 점도 물론 있다. 그건 도시도 마찬가지 아닐까.

동기 모임을 하면서 곧 결혼하는 언니가 살 집에 대해 이야기했다. 도심에 신혼집을 구했다고 했다. 남편이 소방시험을 준비하고 있을 때여서 합격하면 도시 외곽 쪽으로 가고 싶다고 말했다. 다들 깜짝 놀라며 의아해했다. 굳이 왜 그렇게 해야 하는지 묻는 친구들의 반응 속에서 곧 결혼을 앞둔 언니만이 이해한다는 듯 말했다.

"현진이는 자신만의 가치관과 삶의 방향이 뚜렷한 것 같아."

아들 둘을 키우면서 나도 몰랐던 내 밑바닥을 매일 보고 있다. 책을 통해서는 이미지를 상상하지만 영상은 시각적으로 바로 보게 되니 와닿는 게 크다.

어디서 많이 보던 장면인데! 우리 집과 똑같네! 아들 키우는 집은 다 저런 건가! 놀랍도록 비슷한 일상에 공감하며 웃고 울기도 한다. 나만 그런 게 아니었어… 모든 엄마들이 다 힘든 거구나… 일상을 공유하는 느낌은 다시 일상으로 돌아오는 데 힘이 된다.

가족이 잠든 밤 보고 싶은 다큐멘터리 한 편 보는 행복이 크다. 내게는 다큐멘터리가 친구와의 수다 같았다.

2014년 성탄특집으로 방영된 〈천상의 엄마〉는 육아가 고단할 때면 다시 보곤 하는 다큐멘터리다. 부산시 서구 암남동에 있는 마리아 수녀회에는 갓난아기부터 고등학생까지 600명이 넘는 아이들이 살고 있다. 엄마로 불리는 80명의 수녀님들이 사회로 보낸 아이들만 12000명이 넘는다고 한다. 수녀님을 위한 공간은 한 평 남짓한 공간이다. 그마저도 2층 침대와 책과 다른 짐들로 겨우 몸만 누일 정도다. 그럼에도 충분하다고 말하는 수녀님. 항상 아이들의 소리에 귀를 열어 놓는다는 수녀님은 엄마였다.

18살이면 자립해서 수녀원을 나가 살게 된다. 혼자 사는 아이들을 위해 기도하고 한 달에 한 번씩 반찬과 필요한 물품을 싸서 보낸다. 마리아 수녀회는 가난한 이들을 위해 봉사하는 활동 수녀회다. 한국전쟁 이후 늘어난 고아와 가난한 아이들을 돌보기 위해 창설되었다.

마리아 수녀회의 창설자인 알로이시오 슈월츠 몬시뇰 신부는 미국인 사제다. 아이들을 위해서는 무엇도 아끼지 않았지만 자신을 위한 소유는 어떤 것도 하지 않았다고 한다. 수녀복이 검은색에서 회색으로 바뀐 이유도 먼지가 묻어도 티나지 않게 가난한 이들이 미안하지 않게 하기 위함이라고 했다.

꼭 필요한 것만 청하고 허락된 것만을 사용한다. 가난을 선택하고 실천하는 수녀님들을 보며 부끄러웠다. 가진 것이 훨씬 많은 풍족함 속에서 살아가는 데도 더 가지려고 하지는 않았나. 엄마로 살아갈 수 있는 것이 얼마나 큰 행복인지 잊고 버거워하지 않았나.

"내가 맡은 아이들은 하느님이 나에게 주신 선물입니다. 엄마가 가정에서 고생스럽다고 자식 안 키웁니까? 키우잖아요. 그것은 고생이 아니고 삶이었습니다. 내가 이 세상에서 태어나 뭔가를 하며 살아가는 것. 고생이 아니지요. 아이 키우는 은총을 받았는데 뭘 다른 걸 하고 싶겠어요. 다시 젊어지더라도 아이하고 살겠다, 그것뿐이에요."

수녀님들의 말은 엄마로서 살아가는 삶에 대해 진지하게 생각해보게 했다. 두 아이의 엄마가 된 것은 '사람 좀 되거라.' 하고 벌주는 게 아니라 큰 축복이고 선물임을 깨달았다.

"애기 키우면서 스트레스 뭐로 풀어?"

연년생인 두 아이가 아기였을 때 제일 많이 들었던 질문이다. 아이가 한 명이거나 아직 결혼을 안 한 사람들이 우리 집에 오면 고개를 절레절레 흔들었다. 밥 한 끼 제대로 먹을 수 없을 정도로 정신없었기 때문이다. 힘들겠다는 안쓰러운 표정과 함께 스트레스는 어떻게 푸냐고 물어본다. 어디든 외출할 수 있으면 기분 전환이 되지만 매번 그럴 수는 없다.

중학생 때 밤에 책을 읽다가 큰 깨달음을 얻은 적이 있다. 우울할 때 다시 기분이 좋아지게 하는 방법이었다.

커피를 마신다든지, 음악을 듣는다든지, 책이나 영화를 본다든지, 달콤한 초콜릿을 먹는다든지… 아주 사소한 거라도 내 기분을 좋아질 수 있게 하는 무언가를 하라고 했다. 지금 들으면 누구라도 아는 내용이지만 그땐 외쳤더랬다.

"맞아! 그거야!"

"커피 마시거나 책 봐. 아니면 영화나 다큐멘터리 봐. 그러면 기분이 좀 나아져."

처음엔 오잉 하는 반응을 보이다가 커피, 책, 영화는 그렇다

쳐도 다큐멘터리는 뭐냐고 물어본다.

나처럼 평범한 사람들 살아가는 이야기를 보다보면 인생이란 게 별다른 게 없는 거구나 느낀다. 내게 주어진 환경이 중요한 것이 아니라 그 환경 속에서 어떤 생각을 가지고 살아가느냐가 훨씬 중요하단 걸 알게 된다.

누구나 자기 인생의 주인공으로 살아간다. 오늘 하루가 쌓이고 쌓여서 한 사람의 인생이 만들어진다. 텔레비전 속 남의 인생이 내 인생은 아니다. 다만, 내가 그들의 인생에서 위로 받듯 나의 평범한 일상도 누군가에게 위로가 될 수 있을까 생각하며 본다. 그러면 인생을 좀 더 값지고 감사하게 살아가게 된다.

육아를
시작하다

잠 못 자는 고문이 이런 건가! 2~3시간 마다 깨서 배고프다고 우는 아이를 먹이고 재우다보니 늘 비몽사몽이었다. 졸린데 잘 수가 없으니 고문당하는 것 같았다. 하지만 졸린 눈을 비비고 바라보는 아이는 눈부셨다. 날마다 쑥쑥 커갔다.

맘마도 주고 기저귀도 갈았는데 계속 울 때는 이유를 몰라 답답했다. 아이가 보내는 사인을 바로 알아챌 수 있다면 좋을 텐데 초보 엄마에겐 쉬운 게 없었다. 조리 후 집으로 돌아온 후 목욕 시키는 것은 남편과 함께했다.

처음으로 혼자 목욕시키던 날 물을 틀어 놓고 방에 들어가 아이 옷을 벗겼다. 물을 잠그고 온도만 확인하고 바로 아이에게로

내 삶이 누군가에게 위로가 되길

갔다. 그 순간 오줌을 쌌고 아이 얼굴에 튀었다. 우는 아이를 허겁지겁 안고 화장실로 들어서는데 버둥거리다가 자기 손톱에 얼굴이 긁혀버렸다. 빨간 줄이 가는 순간 내 마음에도 빨간 줄이 갔다. 엄마가 미안해란 말이 자꾸 나왔다. 남편 있을 때 같이 할 걸. 뭘 그리 혼자 한다고 서두르다가 이 사단을 냈을까… 자책했다. 얼굴에 난 작은 상처 하나에도 마음이 아픈데 더 크게 다쳐 오면 얼마나 속상할까.

아이가 잠들지 않을 때는 얼른 잠들기를 바랐다.

'엄마도 조금만 자게 해줘.'

막상 아이가 자면 정신은 또렷해져 있었다.

'이제부터 내 시간이야!'

신났다. 아이가 자는 시간에는 밀린 집안일을 하거나 책과 영화, 다큐멘터리와 같은 영상을 봤다.

아이 재우다 함께 쪽잠을 자면 개운하다. 그 개운함에 아이를 돌볼 힘이 났지만 잠을 포기하고서라도 내 시간을 갖고 싶었다. 아이가 잘 때 엄마도 같이 자야 한다는 아주 당연한 진리를 실천하기가 어려웠다. 아이가 잠든 시간만이 유일한 내 시간이었다. 그 시간에 뭐라도 해야지 안 그러면 억울하게 느껴질 정도였다.

깔끔하던 성격이라 눈에 보이는 집안일을 그냥 두기가 힘들었다. 새벽까지 청소할 때도 있었다. 깨끗해진 집이 주는 뿌듯함은 오래가지 않았다. 금세 어질러지는 집을 치우다보면 반복되는 시간 속에 영원히 갇혀 버릴 것만 같았다. 집청소를 하고 아이를 키우다가 중년이 되어버릴 것만 같았다. 엄마가 된다는 것에도 준비가 필요한 일임을 아이를 키우며 알아갔다. 육아서를 많이 읽어놓은 것도 아니고 육아 관련 다큐멘터리를 많이 봐둔 것도 아니었다. 그러니 더욱 모르고 혼란스러울 수밖에 없었다.

첫 이유식을 시작하기 전날 밤 얼마나 떨렸는지 모른다. 잘 못하면 어쩌지 하는 마음에 간단한 조리법도 이해가 안 돼서 보고 또 보았다. 모든 게 초보였다. 책에 쓰여진 대로 개월 수에 맞춰 이유식을 만들었다. 잘하고 있나 하는 생각에 다시 이유식 책을 펼쳤다. 7개월인데 간식도 안 챙겨주고 너무 못해 먹였단 생각에 아침부터 울적해졌다. 내 책 볼 게 아니라 아이 책 좀 읽을 걸 또 자책했다.

아이 문제에 있어서는 모두 다 내 탓인 것 같았다. 손톱으로 얼굴을 긁거나 조금만 상처가 나도, 열이 나고 아파도, 이유식을 잘 먹지 않아도 엄마 잘못인 것 같았다. 좋은 엄마가 되고 싶은데 어느새 미안해하는 엄마가 되어 있었다. 문득 그런 생각이 들었다. 좋은 엄마란 무엇인가? 안 좋은 엄마는 또 무엇인가?

아이에게 모든 걸 완벽하게 해 줄 수는 없다. 음식에 취미도 없고 만들기 귀찮아하는 내가 아이 이유식만큼은 온 신경을 기울여 만들었다. 그것만으로도 충분하지 않을까? 지금 생각해보면 그게 뭐라고 나를 탓하면서까지 힘들어했을까 싶다. 첫 아이라 그랬나보다. 책대로 하지 않으면 큰 일 나는 줄 알았다.

'손톱으로 자기 얼굴 긁을 수도 있지! 아플 수도 있지. 그러면서 면역력이 길러지는 거 아니겠어? 이유식 잘 안 먹으면 다른 재료로 한 번 만들어 보지 뭐. 이 시기에 이거 안 먹으면 큰 일 나는 거 아니야, 괜찮아!'

둘째는 첫째 때와 비교하면 여유가 생기고 자신에게도 많이 너그러워졌다.

우리 말보다 우리의 사람됨이 아이에게 훨씬 더 많은 가르침을 준다. 따라서 우리는 우리 아이들에게 바라는 바로 그 모습이어야 한다.

내 아이가 이렇게 컸으면 좋겠다 싶으면 부모인 내가 먼저 그
렇게 행동해야 한다. 텔레비전보다 책을 보는 아이가 되길 바란
다면, 물건으로 행복해지는 사람보다 스스로 행복을 찾는 아이
로 키우고 싶다면 엄마인 나부터 그런 사람이 되어야 한다. 울적
해하고 미안해하는 엄마 밑에서 자라는 아이는 행복할까? 지금
이 자체만으로도 충분히 좋은 엄마임을, 너무 완벽해지려고 스
트레스 받지 않기로 했다.

처음부터 마음먹은 대로 잘되지는 않는다. 내 몸이 힘들어 아
이에게 짜증이라도 낸 날이면 미안함에 눈물이 났다. 아이 보기
가 미안해 고개 숙여 눈물을 닦고 있으면 아는지 모르는지 아이
는 해맑게 웃기만 한다. 고사리 같은 손으로 엄마 얼굴에 손을
뻗으면서 말이다.

서점에서 좋아하는 작가의 신간을 발견했다. 언제 나왔지 하
면서 내용은 보지도 않고 작가 이름만 보고 책을 샀다. '나도 이
름만 들어도 설레고 기대되는 글을 쓰는 사람이 될 수 있을까?

글 쓰는 사람이 되고 싶다, 이것이 내가 하고 싶은 일이다, 자료를 조사하고 글을 쓰고 내 글을 사람들이 읽고 행복해한다면 더할 나위 없이 기쁠 것 같다.'는 생각에까지 미쳤다

왜 아이를 키우면서 내가 어떤 사람이 되고 싶은지를 생각하게 되는 거지? 육아는 제2의 성장통이었다. 엄마의 뒷모습을 보며 자랄 아이를 생각하면 좀 더 나은 사람이 되고 싶었다. 첫 아이와 함께 엄마 나이를 먹어간다. 이제 1년도 안되었는데 능숙하길 바라는 건 욕심이다. 아이를 키우면서 엄마도 함께 커가는 육아를 하려면 어떻게 해야 할까 고민했다.

불필요하게 쥐고 있던 것을 하나 둘 내려놓았다. 좋은 엄마가 되려는 강박감, 소중한 시간을 뺏어가는 텔레비전과 스마트폰을 없앴다. 아이가 잠들면 보던 텔레비전은 눈에 보이니 자꾸 보게 되었다. 잠깐 본다는 게 어느새 시간이 훅훅 지나가 있고 보고 나면 허무했다. 지금까지 TV와 가까이 살아왔듯이 습관적으로 한 번 더 리모컨을 눌러보게 됐다. 케이블 선을 빼버렸다. 보고 싶은 프로그램은 다운 받아서 봤다. 나오지 않으니 안 보게 되었다.

스마트폰은 폴더 폰으로 바꿨다. 우유를 먹이면서 한 손으로는 폰을 쥐고 남이 사는 모습을 구경했다. 부유하고 화려하게 사

는 이들의 모습을 보면서 내가 사는 모습과 비교했다. 그러지 말아야지 하면서도 보게 되니 어쩔 수 없었다. 이렇게 사는 건 아닌데… 한 번 밖에 없을 이 시간을 알차게 보내고 싶었다.

온갖 유혹과 부정적인 생각들을 걸러낼 깜냥이 안 되면 환경을 바꿔야 했다. TV와 스마트폰을 없앤 후 아이를 더 집중해서 보게 되었다. 얼굴 하나하나 찬찬히 보게 되고 행동도 더 유심히 관찰했다. 그제야 우리 집이 보였고 그 속에 가득 찬 감사함이 보였다. 보이지 않으니 남과 비교하는 것도 하지 않게 되었다. 스마트폰 안 쓰는 사람이 거의 없는 세상 속에서 2G폰, 폴더 폰으로 돌아가는 내게 시대를 역행한다는 말을 많이 했다. 아무렴 어떤가. 내 페이스대로 천천히 가기로 했다. 불편해도 더 소중한 시간을 지키기로 했다.

TV도 스마트폰도 휘둘림을 당하는 것이 아니라 내가 보고 싶을 때, 쓰고 싶을 때 쓰니 주체적으로 느껴졌다. 카톡만 지웠다 뿐인데 연락 오는 것이 현저히 줄었다. 꾸준히 연락하는 사람은 몇 남지 않게 되었다. 남는 시간에는 책을 보았다. 카톡과 TV, 스마트폰을 없앤 후 늘어난 시간을 책 읽는데 보냈다. 100일의 기적이 찾아오면서 일상생활이 가능해졌고 생각보다 많은 시간이 생겼다. 아이를 재우고 나면 얼른 집안일을 끝내 놓고 책을 펼쳤다. 그때 육아서를 탐독하기 시작했고 책 읽는 재미에 빠져 들었다.

나는 어떤 사람인지, 무엇을 하고 싶은지, 무엇을 할 때 행복한지 끊임없이 질문했다. 긍정적인 에너지를 내뿜는 사람이 되고 싶다. 걱정하고 푸념하는 이가 아닌 '된다, 할 수 있다' 힘을 주는 이가 되고 싶다. 되고 싶은 사람을 생각하니 그 방향으로 계속 나아가려는 노력을 하게 된다.

엄마가 된다는 것은 전혀 다른 세계를 경험하는 일이다. 나이가 어리든 많든 누구나 엄마는 처음이다. 처음이라 더 어떻게 할지 몰라 혼란스럽다. 엄마가 되어가는 성장통이라 생각하면 나를 탓할 일도 우울해 할 일도 아니다. 새로운 곳으로 여행을 떠나도 새로운 일을 시작할 때도 늘 두렵고 긴장된다. 이전엔 한 번도 경험해보지 않은 일이라 그렇다.

한 아이의 인생이 내게 달렸다는 책임감이 두렵고 묵직하게 다가왔다. 아이는 조바심내고 걱정하는 엄마보단 느긋하고 편안한 엄마 밑에서 더 행복할 것이다. 마음가짐부터 내 마음대로 되지 않지만 이것도 연습이 필요하다.

아등바등 손에 쥐고 있는 무언가를 내려놓는 게 어렵다. 우선 내가 지향하는 가치관이 무엇인지를 아는 게 먼저다. 어떤 환경을 아이에게 만들어 주고 싶은지 그러기 위해선 어떤 노력을 기울여야 하는지 알고 나면 실천으로 옮기면 된다.

시간이 지날수록 우리 아이는 잘 클 거라는 믿음이 생긴다. 문제는 나다. 엄마가 되지 않았으면 몰랐을 수많은 감정들과 내면을 마주하게 된다. 그 '마주하기'가 힘들지만 부딪히며 알아가고 한 뼘씩 자라는 자신을 보는 일은 뿌듯하다. 육아는 아이뿐만 아니라 엄마도 함께 자라게 하는 고마운 성장통이다.

아토피와의
전쟁

"아기가 아토피가 있나 봐요?"

"아니요. 태열이에요."

둘째가 태어나던 여름, 첫째의 피부는 더 심해졌다. 더 이상 신생아 태열이라고 믿을 수 없을 정도였다. 태열이니까 조금만 크면, 돌쯤 되면 나아지겠지 했었다. 예방접종으로 소아과에 갈 때면 피부를 보고 건조하니 보습을 많이 해주라는 말 뿐이었다.

여름이 가고 가을, 겨울이 되면서 얼굴뿐 아니라 몸에도 동전 크기만 한 붉은 점이 많이 올라왔다. 아토피 피부염이었다. 아토피 잘 본다는 소아과와 피부과를 여러 군데 다녔다. 보습에 좋다는 크림도 이것저것 바꿔가며 써봤다. 심하면 스테로이드 연고를 발랐다. 바른 직후에는 효과가 있었지만 3일 후면 다시 올라왔다. 병원에서는 단계를 올려 더 센 연고를 처방해주었다. 이건 아닌 거 같다는 불안감이 일었다. 아토피 관련해서 다큐멘터리를 찾아보다가 의사들이 스테로이드 연고가 아토피에 좋다고 말하는 방송을 보게 되었다. 아토피 있는 아이에게 로션에 스테로이드를 조금씩 섞어 바른다는 일본의 엄마, 연고 바르기 전, 후를 비교한 아이들 모습을 보며 발라도 괜찮겠다는 생각을 했다.

주위에서도 온갖 민간요법을 다 얘기해줬다. 달맞이꽃이 좋더라, 편백나무가 좋더라, 어성초가 좋더라 등등 좋다는 건 한 번씩 다 시도해봤지만 효과가 없었다. 점점 눈 쪽으로도 붉은 기가 퍼지면서 아이를 밖에 데리고 나가기가 힘들어졌다. 아토피가 심해지고 본격적인 치유를 하게 되면서 나의 자존감은 바닥으로 떨어졌다. 모든 게 엄마인 내 탓 같았다. 죄인이 된 심정이었다.

"어유 아토피가 심하네. 가려워서 어쩐대."

"엄마가 임신 중에 뭐 잘못 먹은 거 아니야?"

"밀가루랑 인스턴트 음식 많이 먹어서 그래."

"아이고 기괴해라. 이게 무슨 병이 다냐."

"저라면 이렇게 방치하지는 않았을 거예요."

세상 사람들이 모두 나를 욕하는 것만 같았다. 제발 모른 척

해주길 바랐다. 안쓰럽게 바라보는 시선도 힘들었다. 엄마 탓이라는 직접적인 말이든 고생하겠다는 걱정의 말이든 아이에 관련된 모든 말은 내 마음을 할퀴고 지나갔다.

갓난아기였던 둘째를 돌보며 첫째의 아토피까지 치료하던 2016년 겨울부터 2017년 여름이 되기까지 내겐 너무나 힘든 시간이었다. 아이는 가려우니 잠을 못 잤고 긁으니 피가 났다. 아침에 이불에 묻어 있는 피를 보며 날마다 울었다. 신생아만 안 자는 게 아니라 첫째도 함께 잠을 못 잤다. 자다가도 갑자기 으아앙 울면서 몸을 데굴데굴 굴렀다. 팔, 다리, 등을 긁어주며 겨우겨우 재웠다. 미안하다는 말로는 다 할 수 없을 정도였다.

남편만이 네 탓이 아니라고, 아토피가 오는 데는 여러 가지 이유가 있다고 말해주었다. 결혼한 지 5개월 만에 아이를 낳았기 때문에 벽지와 가구가 모두 새 것이었다. 거기서 나오는 환경 호르몬이 큰 영향을 미친 것 같다고 말했다. 임신 중에 밀가루와 라면도 먹었다. 매운 것과 날 것, 술 빼곤 다 먹었다. 먹고 싶은 거 참는 게 더 스트레스가 된다는 말을 믿으며 나 좋자고 먹었다. 그래서 '내 탓이 아니에요!'라고 말할 수가 없었다.

배가 부르면 금방 자던 둘째에 비해 첫째는 재우는 데도 힘이

들었다. 아이는 졸린데 가려우니 쉽게 잠들지 못해 짜증을 냈다. 한참을 긁어주고 토닥여서 재웠다. 울다 잠든 아이를 보다가 갑자기 정신이 번쩍 들었다.

'이대로는 안 돼. 어떻게 해서든 낫게 할 거야!'

컴퓨터를 켜고 다시 찾아보기 시작했다. 그러다 한 아토피 카페를 알게 되었고 우리 아이처럼 심한 아이들이 많았다. 심했던 아이가 깨끗하게 치유된 모습에 희망이 보였다. 우리 아이도 저렇게 될 수만 있다면! 간절한 마음으로 상담을 청했다.

언제부터 시작되었는지 어떤 방법들로 관리해왔는지 스테로이드 사용 기간은 어떤지 자세히 물어봤다.

《누구나 할 수 있는 아토피 완정법 120일의 기적》의 저자 윤명화 카페장과의 상담이었다. 그녀는 간호사 출신으로 둘째 아들이 아토피로 고생하면서 할 수 있는 모든 일을 했다고 한다. 아이가 좋아지면서 아토피로 고통 받는 사람들을 위해 사명감을 가지고 도움을 주기 시작한 것이 10년이 넘어서고 있었다. 카페의 수많은 치유 사례들을 보면서 한 번 믿고 해보자고 굳게 다짐했다.

신생아 태열은 엄마 뱃속에서 받은 열독이 쌓여 생기는 것으로 신생아의 70%가 겪는 흔한 증상이다. 임신 중 맵고 짠 음식을 많이 섭취했거나 스트레스를 받았을 경우 열독을 받아 태열이 나타날 수 있다. 환경에 적응해가면서 서서히 치유된다. 반면 아토피 피부염은 호전과 악화를 반복하는 만성 재발성 습진 질환이다. 면역력과 관련 있기 때문에 자연 치유가 되지 않는다.

아토피일지도 모른다고 생각은 했었지만 인정하고 싶지 않았다. 크면서 없어질 신생아 태열이라고 믿고 싶었다. 자연치유법으로 아토피와의 전쟁을 선포한 날 우리 부부는 비장해졌다. 꼭 낫게 하자고, 우리 아이도 나을 수 있다고 굳게 믿었다.

가장 먼저 한 일은 스테로이드제와의 이별이다. 스테로이드는 인공적인 부신피질 호르몬이다. 알레르기 반응은 과잉 면역 반응으로 부신피질호르몬이 이를 억제하고 피부를 좋게 만들어준다. 부신피질호르몬에 문제가 생기면 아토피가 심해진다. 이때 스테로이드제를 바르면 부족한 부신피질호르몬을 공급해주니 일시적으로 좋아진 것처럼 느낀다. 스테로이드는 면역 기능도 떨어트리고 몸에 축적되어 자연배출도 잘 안 된다. 스테로이드를 갑자기 끊었을 때 '스테로이드 리바운드 현상'이 나타나게 되고 아토피가 갑자기 심해진다. 자꾸 스테로이드제를 찾게 되는 이유다. 이게 아닌 것 같아서 연고를 끊다가도 더 심해지는 아이를 보면 견딜 수가 없었다. 그래서 다른 병원을 찾아 가게 되고 더 높은 단계의 스테로이드를 발랐었다. 아이에게 독을 발라줬단 생각에 아찔했다.

예상대로 독소를 온 몸으로 뿜어내 아이는 얼굴뿐 아니라 팔, 다리, 배, 등 어디 한군데 성한 곳이 없었다.

유기농 매장에 조합원으로 가입해 아이가 먹는 모든 식재료는 그 곳에서 구입했다. 주로 채소 위주였고 음식에 대한 반응을 살피며 하나씩 추가해서 먹였다. 외부 음식을 먹일 수도 없었고 과일조차 제한적이었다. 아이가 어렸을 때는 주위 어른들이 괜찮다며 주는 과자에도 민감했다. 책에서는 해당 개월 수에 금지되는 음식이었고 과자 같은 단 음식이 안 좋은 이유에 대해 나와 있었기 때문이다. 아이가 귀여워서 주는 어른들에게 자꾸 안 된다고 하기도 죄송해 못본 척 한 적도 많았다. 그게 또 스트레스가 되었다. 소고기를 사더라도 백화점에서 1등급으로 좋은 것만 썼고 과자도 유기농 과자만 샀다. 좋은 것만 먹이고 싶었는데 그 모든 게 도루묵이 되는 것 같았다.

유기농 매장 이용할 생각은 왜 못했을까, 환경호르몬의 심각성에 대해 왜 몰랐을까, 임신 중 먹는 것을 왜 이렇게 덜 신경 썼을까 자책도 많이 했다. 하지만 이미 일어난 일 자책하면서 우울해하기보단 아이 치료에만 집중하기로 했다.

주위의 시선과 말에도 무던해지려고 노력했다. 세탁 세제를 바꾸면서 2년 만에 처음으로 세탁기 청소도 했다. 새까만 세탁조를 보는데 입이 다물어지지 않았다. 저렇게 때가 낀 곳에 아이 옷을 넣고 돌렸다니! 비누와 로션도 다 바꿨다. 처음엔 비누만 닿아도 따가워했다. 매일 파우더 목욕을 하고 아토피에 쓰는 스킨과 로션을 자주 발라 독소를 배출해내야 했다. 많이 바를수록 효과가 좋다고 했지만 따가워서 뒤집어지는 아이를 보면 자주 바르기가 힘들다. 그래도 이를 악물고 발랐다. 이걸 발라야 나을 수 있다는 절박함에 같이 울면서 발랐다. 어디를 가든 자주 발라줘야 했기에 주위 사람들은 차마 그 모습을 보지 못했다.

면역력을 길러주기 위해 노니쥬스와 클로렐라, CGF클로렐라 성장인자도 챙겨서 먹였다. 아이가 하루 동안 먹은 음식과 목욕 횟수, 노니, 클로렐라, CGF를 매일 일지에 쓰고 아이 사진을 찍어 카페에 올렸다. 카페의 스텝들이 일지를 보며 조언도 해주고 잘하고 있다고 격려도 해주었다. 봉사의 마음이 아니면 할 수 없는 일이었다. 마음과 시간을 내어 격려하고 조언해주는 이들 덕에 힘든 치유 기간을 견딜 수 있었다. 아토피를 가진 다른 엄마들의 힘듦을 이해하고 공감하며 힘을 냈다. 스테로이드에 여전히 의존했다면 어땠을까 생각만으로도 아찔하다. 스테로이드가 아토피 치유에 도움이 된다는 방송은 좋아진 데까지만 방송했고 추적관찰을 하지 않은 문제가 있었다.

한 번씩 카페에 들어가 아이 일지를 본다. 빨갛게 부어 있는 아이의 모습이 짠하고 미안하다. 지금은 아토피가 있었던 줄도 모르게 매끄러운 피부를 가지게 되었다. 하지만 완전히 없어진 것은 아니다. 겨울철 건조할 때나 안 좋은 음식을 먹으면 몸에서 반응한다. 빨갛게 올라오고 가려워 긁기도 한다.

평범한 일상이 그리웠다. 아토피를 치료하면서 먹거리가 얼마나 중요한지 알았다. 유기농 먹거리를 이용할 때와 일반 마트에서 구매할 때가 달랐다. 어쩌다 외부 음식을 먹게 될 때면 몸이 먼저 반응했다.

결혼식 뷔페를 가도 아이 음식을 따로 싸서 들고 다녔다. 외출 시 음식 차단이 제일 어렵다. 5세, 4세가 된 아이들은 초콜릿, 시중 아이스크림과 과자가 가려워서 안 된다고 먼저 말한다. 첫째는 빨리 커서 초콜릿이 먹고 싶다고 하는데 그게 또 짠하다.

둘째도 100일이 지나고 아토피 피부염으로 진단 받았다. 아이 하나로도 벅찬데 둘 다 관리하려니 배로 힘들었다. 그 과정은 옆에서 오롯이 보아온 남편만이 안다. 네 탓이 아니라고 유일하게 말해주던 남편이 이제는 다 네 덕분이라고 말한다. 그게 너무나 고맙다. 이 방법을 해보자고 할 때도, 치료 시작한 지 얼마 안 돼서 더 심해졌을 때도 날 믿어줬다. 주위에서 엄마 탓이라고 할 때면 그렇지 않다고 말해준 든든한 남편이었다.

유전이든 환경이든 아토피가 발병하면 마음을 단단히 먹어야 한다. 우리 아이들도 완전히 나은 것은 아니다. 자라는 동안 면역력이 완전히 길러질 때까지 먹거리에 계속 신경 써야 한다. 다양한 먹거리와 유해한 환경 속에서 아이를 지키기 위한 최선의 노력은 해야 한다.

내 인생 두 번째 이야기 그리고 책

즐거운
나의 집

아이들이 일어나면 주섬주섬 무언 갈 주워서 나온다. 베개, 장난감, 인형일 때도 있지만 대부분 책이다. 그러곤 무릎 위에 앉아서 책을 읽어 달라고 한다. 첫 아이가 5개월이 될 무렵 책을 접하는 건 어릴수록 좋다는 것을 알게 되었다. 태교한다고 동화책 읽어주려고 시도도 몇 번 해봤지만 오글거려 이내 그만두었다. 책의 중요성은 말해 무엇 하랴. 그럼에도 그림책 읽어주기에 대한 생각은 하지 못했다. 뱃속에 있을 때부터 읽어주는 게 제일 좋으나 이제라도 알았으니 바로 실천해야 했다.

부모가 물려 줄 수 있는 최고의 습관이 독서가 아닐까. 책이 장난감이 되도록 가지고 놀고, 보다 보면 어느새 책 읽기가 자연스레 습관이 되어 있을 것이다. 그렇게 되기 위해서는 어디서나 책을 보고 만질 수 있어야 했다. 몇 십만 원, 몇 백만 원을 주고 새 책을 살 형편은 안 됐다. 주위에서 받은 책과 재활용 하는 곳에서 주워온 책, 중고로 산 책으로 꾸준히 읽어주고 있다.

만지고 놀기만 하던 아이가 8개월 되던 때부터는 한 책을 계속 들고 와서 읽어 달라고 했다. 책을 읽어 달라고 가져오는 것도 신기한데 같은 책을 계속 읽어 달라 하는 것이 놀라웠다. "모든 아이는 책을 좋아하게 태어난다. 다만 환경이 어떻냐에 따라 달라질 뿐이다."라는 말이 떠올랐다.

집을 방문하는 사람들이 거실 벽면을 채운 책장을 보고 놀란다. 책이 너무 많은 것 아니냐, 너무 많아서 아이가 질려 버리는 것 아니냐고 말하기도 한다. 어릴 땐 언제 어느 방향으로 관심이 향할지 모른다. 그럴 때마다 바로 꺼내 볼 수 있는 책이 집에 있어야 한다. 그래야 호기심만으로 그치지 않고 생각이 깊어진다고 믿는다.

책이 많은 집은 어떤가를 알기에 우리 집이 많다고는 생각하지 않는다. 책이 많아서 질린다는 것도 책을 보는 아이를 보면 절대 그런 생각이 들 수가 없다. 책 보라고 시키는 것도 아니고 책이 많은 환경만 만들어 주는 데도 아이는 책을 좋아한다. 아이가 좋아하는 몇 권의 책을 발견하기 위해서는 책이 집에 많아야 한다고 생각한다.

외출하고 돌아온 후, 장난감을 가지고 놀 때, 밥 먹을 때 언제 어디서든 책과 함께한다. 밥 먹자고 부르면 꼭 책을 가져와서 식탁에서 넘기고 있다. 어른들이 보기에는 밥 먹을 땐 밥만 먹어야지 하고 꾸중할 수도 있으나 우리 집에선 괜찮다. 밥 먹는 거보다 책 읽기가 더 재밌는 걸 알기 때문이다.

놀다가도 조용해서 보면 어느새 그림책을 넘기고 있다. 새로운 책에 거부감을 느껴서 친숙해지는 데만도 몇 날이 걸린다는 아이도 있다. 다행히 첫째는 새로운 책에 대한 거부감은 별로 없다. 이건 무슨 책이냐고 물어보고 읽어 달라고 한다. 잠자리에서 매일 읽어주다 보니 먼저 책 읽어줘 얘기한다. 졸려서 이제 그만 읽었으면 좋겠는데도 아이는 더 읽어달라고 노래를 부른다. 아침에 거실에 있을 때 문을 열고 책을 안고 나오는 아이를 보면 그렇게 사랑스러울 수가 없다.

둘째는 갓난아기 때부터 책이 많은 환경에서 커왔다. 형이 책으로 탑을 쌓고 책장의 책을 모조리 빼며 놀 때 옆에서 기어 다

넜다. 형이 책 보면 따라쟁이 동생은 같이 아무 책이나 뽑아서 읽는 흉내를 냈다. 그러다 어느새 자기가 좋아하는 책들도 생기고 읽어 달라고 가져온다.

우리 부부는 첫째만 잘 키워놓으면 밑에 아이는 저절로 따라올 거라고 믿는다. 동생은 형을 따라하고 형은 부모를 따라한다. 책을 읽고 있으면 자기도 책 볼 거라며 뽑아와 옆에 앉기도 하고 쓱 보고는 조용히 혼자 보고 있기도 한다. 형 못지않게 책을 좋아하게 된 둘째를 무릎에 앉히고 읽어 주고 있으면 첫째가 다가온다. 항상 책 읽는 소리에 귀를 기울이고 있다. 형이 옆에 와서 같이 보는 걸 시샘을 내 가라고 밀기도 한다. 책 때문에 엄마 앞자리 쟁탈전을 벌일 때면 말리다가 웃음이 나온다. 첫째는 엄마와 읽었던 그림책을 이야기하듯 말한다. 그 모습에 엄마, 아빠는 함박미소를 짓게 된다.

온 가족이 책 넘기는 소리만 들리는 거실 풍경을 자주 상상하곤 한다. 그날도 머지않아 곧 오리라.

아들을 키우다보니 하루에도 몇 번씩 가슴이 덜컹하는 일이 일어난다. 문에 손이 끼이거나 식탁 의자에서 떨어지거나 미끄

러져 머리를 쿵 부딪친다. 심장이 발까지 떨어지는 것 같다. 그 순간이 얼마나 아찔한지 놀라서 눈물이 찔끔 날 때도 있다. 아들 엄마의 수명이 더 짧다는 연구 결과를 보면서 수긍이 갔다. 어쩜 노는 것이 이리도 다른지 않아서 조용히 노는 딸과 달리 아들은 뛰어다니며 존재감을 확실히 알린다.

시댁에는 손주만 7명이다. 그 중 5명이 남자 아이, 2명이 여자 아이다. 높은 곳에서 뛰고 위험하게 노는 건 남자 아이들이다. 곧 우리 아이들의 미래 모습이라 생각하니 어떡하지 싶다. 마음 의 준비를 단단히 해야겠다.

아들의 행동에 이해가 안 될 때가 많다. 신경 쓰고 스트레스 받으며 아이를 보던 나와 달리 남편은 무던하다. 나보다 허용의 범위가 넓다.

어렸을 때 집안의 시계는 다 뜯어보고 다녔다는 남편은 조립 하는 걸 좋아한다. 드라이버, 펜치, 망치 등의 공구들과 부품들이 방에 가득하다. 아이들이 호기심에 만져본다. 뾰족해서 위험하 다고 치우려는 나와 달리 남편은 그냥 두라고 한다. 궁금하겠지, 만져 보고 싶겠지 하면서 말이다.

처음엔 그런 남편도 이해가 되지 않았다. 5세, 4세인 두 아들에게 가장 재밌는 장난감은 아빠의 공구다. 놀이방보다 아빠 방을 더 재밌어하는 아이들이다. 확실히 같은 남자라서 공감하는 부분이 있다. 내가 이해하려고 노력하는 부분도 남편에겐 이해해야 할 만한 것들이 아니었다.

아들과 관련된 책을 여러 권 읽으면서 아들에 대해 조금씩 이해해 갔다. 아는 만큼 보인다고 아들에 대한 공부도 필요하다. 내 아이가 왜 이런 행동을 하는지 알고 싶다면 아들과 딸의 성향을 파악하고 그에 대한 공부를 해야 한다.

우리가 집을 만들지만, 그 집은 다시 우리를 만든다.

윈스턴 처칠

집은 잠만 자는 공간이 아니다. 일상생활을 하고 꿈을 키우는 곳이기도 하다. 모든 게 호기심 천국인 아이들에게 '안 돼'라는 말은 천재성을 꺾는 일이라고 한다. 우리 집에서만큼은 최대한 허용해주려고 하는데도 '안 돼'란 말을 많이 쓰게 된다.

육아와 관련된 글이나 좋은 글들이 있으면 싱크대, 냉장고, 책장 곳곳에 붙여둔다. 잊지 않기 위해서다. 마음의 그릇을 넓히는 것은 어려운 일이다. 수많은 '안 돼' 속에서 자라온 내가 허용의 범위를 넓게 가진다는 게 쉽지 않았다.

아이가 쏟고 던지고 장난치는 것이 온 몸으로 느끼는 과정임을 알면서도 그만두게 하고 싶을 때가 많다. 싱크대를 물바다로 만들고 먹다 남은 우유를 바닥에 부어버리는 둘째, 금방이라도 이사 갈 듯한 집으로 만들어 버리는 아이들을 웃으며 넘기는 과정이 모두 수행이다. 집은 도를 닦는 수행의 장이기도 하다.

아이가 어릴 때는 친정에 자주 가고 싶다가도 어느 순간 우리 집이 제일 편할 때가 있다고 엄마는 말했다. 친정이 편하기는 하지만 우리 집만큼 편한 곳은 없다. 환경의 영향을 많이 받는지라 친정에 가면 집에서만큼 책도 덜 읽게 된다. 눈앞에 놓여 있는 리모컨을 슬며시 쥐고 켜보게 된다. 마음이 느슨해진다. 아이가 먹는 것도 집에서보다 덜 까다롭게 된다. 항상 책을 한가득 들고 가지만 다 읽지 못한다.

아이들이 크니 오래 머물수록 집에 가고 싶다는 말을 하기도 한다. 텔레비전이 없는 집, 책 읽는 집, 밤늦도록 놀다가 자는 집. 우리 집이기에 가능하다.

아이들이 커가는 모습을 상상하면 멀게 느껴지면서도 가깝게 느껴지기도 한다. 누워만 있던 갓난아기가 언제 이만큼 커서 종알종알 수다씨가 되었나. 금세 자라서 내 곁을 떠나가 버릴 것만 같다. 3년 뒤 초등학생이 되는 아이를 생각하면 눈물이 난다. '내가 널 어떻게 키웠는데!' 하는 말은 하고 싶지 않다. 즐거운 우리 집에서 잘 자란 아이 곁에 함께 잘 자란 엄마가 되어 있고 싶다.

마치는 글

예쁜 옷과 예쁜 가방, 예쁜 구두를 좋아하는 평범한 20대 여자였다. 직장에서 일을 하고 월급을 받는 사회인이 되어 난생 처음으로 큰돈을 벌어보았다. 결혼 자금으로 쓸 적금도 넣고 부모님 선물도 사드리며 비로소 딸 노릇을 한다고 생각했다. 직장 스트레스는 월급날과 동시에 친구들과 카페에서 수다 떨면서, 여행 다니면서 떨쳐버렸다.

스무 살부터 함께해온 남자친구는 둘도 없는 친구이자 든든한 선배 같은 존재였다. 남자친구가 남편이 되고 연인이 부부가 되었다. 부모가 되어 생명을 키우는 일은 인생의 큰 전환점을 맞게 되는 순간이었다. '눈에 넣어도 안 아플 예쁜 내 자식'이란 말이 이해되었다.

예쁜 아이와 다르게 나는 한없이 못나게만 느껴졌다. 부족한 엄마라는 자책감, 나란 존재는 없어져버린 것 같은 허무함, 화장

내 삶이 누군가에게 위로가 되길

기 없는 푸석푸석한 얼굴을 마주하며 자존감은 바닥으로 떨어졌다. 씻지 않아도 화장하지 않아도 여전히 예쁘다는 남편의 말에 잠시 동안만 기분이 좋아질 뿐이었다.

답답함에 찾아 읽게 된 책이 나를 치유해줬다. 떨어졌던 자존감도 다시 올려주고 평범하기 그지없는 내 일상을 가치 있게 느끼게 해주었다. 어제가 오늘 같고 오늘이 어제 같은 일상이 좋아지기 시작했다. 그러자 나 자신도 점점 더 좋아졌다. 나는 이미 행복한 사람이었다.

글을 쓰는 동안 살아온 서른 해를 되돌아봤다. 기억의 서랍을 하나씩 열어 그 기억을 쓰다듬고 다시 넣어두고를 반복했다. 유년 시절, 학창시절, 대학시절을 거쳐 지금의 내가 있기까지가 기적처럼 느껴진다. 앨범 속에는 어린 나와 젊은 부모님의 모습이 담겨 있다. 앨범에서 눈을 떼면 어린 아이들과 나이 드신 부모님이 곁에 있다. 어린 아이들에게서 유년 시절의 내 모습을 보고, 나이 드신 부모님을 보며 엄마가 된 내 모습을 본다. 부모님은 해준 것 없이 부족하게 키웠는데도 예쁘고 바르게 커줬다고 말한다.

부모가 되어서야 내가 어떻게 커왔는지가 보였다. 집안 형편이 어려울 때도, 마음이 맞지 않아 다툴 때에도 두 분은 본인 자리에서 최선을 다해 우리를 키웠다. 더운 날에도 추운 날에도 부지런히 일하며 우리를 먹이고 입히고 공부 시켰다. 우리 부모님뿐만 아니라 시부모님도 마찬가지였다. 세상의 모든 부모가 그렇지 않을까. 이제 엄마 5년차. 부모가 된다는 것은 어떤 것일까. 부모라는 말이 주는 무게와 깊이를 알기에는 아직 멀었다. 부모님의 마음을 조금씩 이해하고 알아갈 뿐이다.

내가 느끼는 감정이 무엇인지 몰라 끙끙 앓으며 보냈던 시간은 새로운 세계를 마주하는 성장 통이었다. 조금 더 나은 사람이 되고 몰랐던 나를 알아가기 위한 통과의례였다. 내가 경험하고 고민한 것을 많은 사람들과 나눌 수 있게 되어 감사하다. 친한 친구의 이야기처럼, 아는 언니, 동생의 이야기처럼 편하게 읽혔으면 좋겠다.

이 세상에 나란 존재를 있게 해준 부모님에게, 내가 하는 선택을 늘 지지해주는 남편에게, 하고 싶은 일 하며 살라고 응원해주시는 시부모님에게, 그리고 엄마가 되게 해 준 두 아들 선우, 윤우에게 감사와 사랑을 전한다.